LA BAMBINA CON IL VESTITO BLU

LA BAMBINA CON IL VESTITO BLU

GIULIA BEYMAN

IEFFE

La bambina con il vestito blu © Isabella Franconetti

Prima edizione: ottobre 2014

Cover: The Cover Collection

Immagine di copertina Isabella Leoni

Tutti i diritti riservati

Nessun parte di questa pubblicazione può essere usata, riprodotta o trasmessa in alcun modo, elettronicamente, a mezzo stampa o altro, senza il consenso scritto dell'autrice, eccetto brevi citazioni incluse in recensioni, articoli di critica e commenti.

Questo libro è un'opera di fantasia. Nomi, personaggi, luoghi e avvenimenti sono il prodotto dell'immaginazione dell'autrice o usati in chiave fittizia. Ogni rassomiglianza con eventi, località o persone, realmente esistenti o esistite, è puramente casuale.

ISBN: 978-1505360479

Incominciai anche a capire che i dolori, le delusioni e la malinconia non sono fatti per renderci scontenti e toglierci valore e dignità, ma per maturarci.

— HERMANN HESSE

CAPITOLO UNO

Martha's Vineyard, 23 agosto 1983

Distesa sul pavimento, in una posizione che percepiva come innaturale, Alma Sanders sollevò a fatica le palpebre e in quella manciata di secondi intravide il bagliore del lampadario appeso al soffitto della cucina.

Cos'era successo? Da quanto tempo era lì?

Non udiva alcun rumore intorno a sé, se non il lieve ronzio dell'impianto di irrigazione, che ogni sera dopo la mezzanotte entrava in funzione.

I suoi pensieri erano confusi. Doveva essere svenuta.

Sentiva dolore ovunque e non riusciva a muoversi.

La mano destra, abbandonata sull'addome, era così pesante da non sembrarle più nemmeno la sua. Raccogliendo le forze in quel semplice gesto, non spostò le dita che di pochi millimetri e facendolo comprese che la sostanza umida che le incollava la camicetta al corpo era il suo stesso sangue.

Il ricordo improvviso della mano che brandendo il coltello si scagliava contro di lei la travolse con la violenza della lama quando l'aveva colpita.

Forse stava morendo. Per questo si sentiva così.

Aveva bisogno di aiuto. Ma come poteva fare se non riusciva a muoversi, né a parlare?

Poteva solo pregare. Pregare e aspettare che qualcuno si accorgesse di quello che era successo.

Avrebbe dovuto intuire che sarebbe accaduto. O forse no. Non avrebbe potuto immaginare che le cose sarebbero arrivate a quel punto.

Un pianto sommesso interruppe quei pensieri confusi e per un attimo rubò Alma Sanders dal torpore che sempre più l'avvolgeva.

Rowena...

Sua figlia era andata a dormire già da un paio d'ore quando lei aveva sentito bussare alla porta. Si era stupita che qualcuno avesse deciso di farle visita a quell'ora tarda, ma quando si era accorta di chi si trattava non aveva esitato ad aprire.

Aveva pensato che parlarne insieme avrebbe aiutato a chiarire la situazione, ma poi la furia omicida si era accanita contro di lei, cogliendola di sorpresa.

E ora Rowena si era svegliata.

Immaginò che fosse rimasta sulla porta della cucina. Il suo pianto non era troppo lontano.

Provò a chiamarla, ma il rantolo che emise spaventò anche lei. Sentiva in bocca il sapore metallico del sangue.

Anche se aveva appena sette anni, sua figlia non era una bambina che si perdesse d'animo facilmente. Però doveva essere spaventata se nemmeno si avvicinava.

Il pensiero dell'orribile spettacolo che si era trovata davanti svegliandosi nel cuore della notte le si annodò in gola.

Se solo fosse riuscita a muoversi, e a parlarle. Se fosse riuscita a tranquillizzarla.

Il pianto sembrava più vicino, ora.

Vieni, amore mio, non avere paura. Non devi avere paura.

Facendo leva sulle poche forze che le erano rimaste aprì gli occhi e per un attimo intravide la sua sagoma sottile nella nebbia che avvolgeva ogni cosa.

«Rowena» provò ancora a chiamarla, per consolare il suo pianto.

E questa volta lei sembrò averla udita. La raggiunse e le si inginocchiò accanto.

«Mamma... Cosa devo fare, mamma?»

Per quanto le costasse una fatica enorme, Alma Sanders protese la mano verso di lei, che la prese.

«Cosa ti hanno fatto?» mormorò sua figlia tra i singhiozzi.

«Rowena...»

Alma Sanders pregò Dio che si fosse svegliata solo in quel momento e che non avesse visto.

Poi un pensiero improvviso la colpì come uno schiaffo. E se lui se la fosse presa anche con Rowena?

Faceva troppa fatica a parlare per riuscire a spiegarle cos'era successo e a metterla in guardia.

Non potevano affrontare quella situazione da sole. Avevano bisogno di qualcuno che le aiutasse e poi avrebbe parlato con la polizia per evitare che anche la sua vita fosse in pericolo.

«Chiama...» provò a dire.

Si rese conto di essere troppo stanca. Doveva recuperare le forze. Si sarebbe riposata un po' e poi avrebbe spiegato a sua figlia cosa fare.

Tutto sarebbe andato per il meglio. Doveva convincersene.

Un attimo dopo, nel torpore che sempre più la confondeva, sentì la voce di Rowena che parlava al telefono.

«Janice, ti prego, vieni a casa nostra. Mamma sta tanto male.»

Brava Rowena, pensò Alma Sanders, tentando inutilmente di abbozzare un sorriso.

Era una ragazzina in gamba e grazie a lei la loro vicina le avrebbe aiutate.

Confortata da quella considerazione, si abbandonò alla stanchezza e non comprese che quello su sua figlia sarebbe stato l'ultimo pensiero della sua vita.

CAPITOLO DUE

Vent'anni dopo

Poggiata al cofano della sua auto, che aveva appena parcheggiato davanti al cottage di Menemsha, Nora Cooper chiuse gli occhi e inspirò profondamente per godere appieno del profumo di fiori che già aleggiava nell'aria e ringraziò il sole per essere tornato a splendere.

Dopo il freddo e gli abiti pesanti della stagione invernale ogni centimetro del suo corpo gridava *Sole! Sole! Sole!*

Ogni nuova primavera sembrava un miracolo lì a The Vineyard. Tra aprile e maggio i giardini riprendevano vita e si coloravano delle infinite sfumature di tulipani, rose, margherite, giacinti. Gli alberi di magnolie si riempivano di candidi fiori, cominciavano i primi temerari picnic sulla spiaggia, il migliore negozio di cioccolata di Chilmark riapriva i battenti e le case delle vacanze si animavano di una sfrigolante attività per rinnovarsi in vista dell'imminente estate.

Probabilmente la primavera era bella in qualsiasi altro posto del mondo, concesse Nora. Ma lei amava Martha's Vineyard e durante i mesi più freddi non aspettava che *'quella'* speciale primavera.

Non avrebbe chiesto che di poter camminare scalza sulla spiaggia, a pochi passi da lì, per sentire il calore della sabbia sotto i piedi, ma riaprendo gli occhi incontrò il profilo del cottage in cui sua figlia Meg la stava aspettando e la strana sensazione che provava ogni volta che si avvicinava a quella proprietà, che la sua agenzia aveva avuto l'incarico di vendere, tornò.

Quella casa la respingeva, comprese. E non le succedeva spesso. Perché lei amava le case, tutto ciò che erano e potevano diventare, e amava il suo lavoro di agente immobiliare.

Aiutare le persone a trovare il posto giusto in cui vivere bene. Ecco. Era questo che più le piaceva della professione che aveva scelto per vivere.

Eppure quel cottage le comunicava emozioni che ancora non sapeva riconoscere.

Determinata a non lasciarsi condizionare da quel disagio, fece un profondo respiro e si decise a entrare per raggiungere sua figlia.

E pensare che solo fino a due mesi fa questo cottage non era che un vecchio edificio vittoriano abbandonato, non poté fare a meno di considerare mentre oltrepassava il cancello che insieme a una curatissima siepe ne delimitava i confini e si avviava lungo il vialetto d'ingresso.

La prima volta che aveva visto quella casa non avrebbe immaginato di riuscire a venderla tanto velocemente. Certo, una proprietà dai grandi spazi, con una vista mozzafiato sulla spiaggia di Menemsha, aveva comunque enormi potenzialità. Ma dopo anni di incuria, in cui il cottage era stato affidato ad agenzie che si erano occupate solo di curarne l'affitto nei mesi estivi, nessuno sembrava più interessato a valorizzarne le tante qualità.

Doveva ammettere che la telefonata che solo due mesi prima aveva ricevuto da New York era stata un vero colpo di fortuna. Kelly Scott non l'aveva fatta impazzire dietro decine di visite e proposte prima di trovare la casa dei suoi sogni. Aveva visto la foto del cottage sul sito dell'agenzia e dopo qualche ragguaglio si era fatta mandare le carte da firmare, inoltrandole in poche ore il bonifico per il pagamento del prezzo pattuito.

Ne esistessero a decine di clienti così, pensò Nora raggiungendo la porta d'ingresso e cercando di scrollarsi di dosso lo strano malessere che era tornato a turbarla.

Quando Kelly Scott le aveva detto di aver bisogno di qualcuno che si occupasse della ristrutturazione, Nora le aveva proposto il nome di Meg insieme a quello di altri due importanti studi di architettura di Boston, perché la sua cliente non pensasse che stava cercando di raccomandare sua figlia.

Dopo aver preso qualche informazione, Kelly Scott aveva scelto proprio Meg e in cuor suo, guardandosi intorno, Nora era sicura che non si sarebbe pentita di quella decisione. Perché il vecchio cottage, appollaiato su una bassa collinetta da cui si godeva lo splendido panorama del mare e delle dune di sabbia, non conservava nemmeno l'ombra dell'atmosfera cupa che lo aveva avvolto fino a soli due mesi prima.

La candida facciata, tinteggiata di fresco, esaltava il fascino dello stile vittoriano. Uno stretto sentiero, che Meg aveva fatto valorizzare da cespugli di ortensie e basse siepi di bosso, percorreva il giardino ampio e curato. Una piccola costruzione semi-nascosta era stata destinata a garage e sul retro della casa si intravedeva una larga terrazza con pareti di roccia, che sarebbe stata un ottimo posto dove cenare godendosi la fresca brezza estiva.

All'interno del cottage una calda luce penetrava dalle grandi finestre e illuminava spazi armoniosi, giocati sulle tonalità del sabbia e del bianco e sull'uso di legni chiari e tessuti naturali.

Una casa elegante e accogliente in cui chiunque avrebbe desiderato vivere, si confermò Nora passando dal soggiorno alla cucina.

Sì. La sua cliente sarebbe stata soddisfatta del lavoro di Meg.

E allora perché continuava a sentire quella nota stridente?, fu costretta a chiedersi mentre un improvviso brivido di freddo la spinse a strofinarsi le braccia con le mani per cercare di scaldarsi.

«Finalmente ti sei decisa.»

Riuscì a sorridere a sua figlia, che le si fece incontro per abbracciarla.

«Be'… Che ne dici?» le chiese poi Meg, accennando alla casa.

«Che non sembra nemmeno più il cottage che ho avuto la fortuna di vendere in così poco tempo» commentò Nora guardandosi intorno. «È luminoso, raffinato, accogliente e... il bassorilievo di marmo che hai trovato per incorniciare il camino è stupendo.»

«Ho scoperto che la tua cliente è un'artista. Crea sculture e gioielli con fili di rame. Ho visto alcune delle sue creazioni su Elle Decor. Sono pezzi straordinari. Il suo talento mi è stato di grande stimolo.»

«Se ha un forte senso estetico, apprezzerà quello che hai fatto per lei.»

Un attimo dopo, osservando con più attenzione sua figlia, Nora si accorse di quanto apparisse stanca. Era pallida e leggere occhiaie le incorniciavano lo sguardo. Forse era colpa del trasloco che pochi mesi prima aveva fatto per trasferirsi definitivamente a The Vineyard con i bambini e Mike, il suo nuovo compagno. O forse della ristrutturazione del cottage di Menemsha.

«Anche se temo che tu abbia dovuto lavorare troppo per

rendere tutto questo possibile in così poco tempo» non si trattenne dal dire.

«Un 'poco tempo' durante il quale sei venuta a controllare i lavori soltanto una volta.»

«Sapevo che non ce n'era bisogno.»

«Bella scusa.» Poi, prima che Nora avesse il tempo di aggiungere altro, Meg la salutò con un bacio e mentre già si allontanava aggiunse: «Ora che sei qui, prenditi tutto il tempo che ti serve per dare un'occhiata alla casa. Ti chiamo più tardi per sapere cosa ne pensi.»

«Hai insistito perché controllassimo i lavori insieme e già te ne vai?» si sorprese Nora.

«Mi dispiace, ma Adam, il proprietario del Samsara, mi aspetta.»

Già. Il nuovo locale sulla spiaggia che Meg era stata incaricata di arredare e che presto, Nora ne era sicura, sarebbe diventato uno dei posti più '*in*' dell'isola.

In quel momento sarebbe stata molto più contenta se sua figlia fosse rimasta con lei, ma non glielo disse.

«I mobili della dependance sono già arrivati?» si affrettò invece a chiederle prima che fosse troppo lontana.

«È tutto a posto. Hanno finito di sistemare un quarto d'ora fa la camera da letto.»

Be' – cercò di consolarsi Nora una volta rimasta sola – se era tutto a posto, le sarebbe bastato fare un giro veloce della casa per gratificare Meg con qualche commento appropriato. Poi avrebbe lasciato un messaggio di benvenuto a Kelly Scott, che sarebbe arrivata nel giro di poche ore, invitandola a chiamarla nel caso avesse avuto bisogno di qualcosa.

I lavori di ristrutturazione nell'edificio principale non erano del tutto conclusi, ma qualche giorno prima la sua cliente le aveva fatto sapere che si sarebbe comunque trasferita nella proprietà che aveva acquistato e che per le prime settimane avrebbe alloggiato senza alcun problema nella dependance.

A parte lo spazio ridotto, Nora era sicura che non sarebbe stata scomoda nella piccola costruzione che fiancheggiava il cottage, ristrutturata anch'essa di tutto punto.

Non aveva ancora concluso quel pensiero che la sensazione di freddo tornò. Un freddo pungente e inspiegabile che le arrivò alle ossa e per proteggersi dal quale non le bastò indossare il golfino di cotone che teneva nella borsa.

Colpa di qualche spiffero, cercò di tranquillizzarsi, ignorando di proposito il fatto che quel giorno non tirasse un alito di vento e che tutte le finestre fossero chiuse.

Per quanto non le facesse piacere, avrebbe mentito, decise. Avrebbe detto a Meg di aver fatto un attento giro della casa e di essere entusiasta dei lavori di ristrutturazione, senza entrare troppo nei dettagli.

Sarebbe uscita dal cottage, invece. Avrebbe fatto un salto nella dependance per controllare che quello di cui Kelly Scott avrebbe avuto bisogno al suo arrivo fosse al suo posto e se ne sarebbe andata via da lì.

Subito.

Perché, nonostante facesse il possibile per ignorare quella sensazione di disagio, l'unica cosa che desiderava in quel momento era di allontanarsi al più presto da quella casa.

CAPITOLO TRE

Alle sette di sera di quello stesso giorno Kelly Scott fermò la sua Mustang blu davanti al cottage di Menemsha e fece un profondo sospiro.

«E così ci siamo...»

Il viaggio da New York le era sembrato interminabile, ma finalmente era arrivata a destinazione.

Invece di aprire il cancello ed entrare, spense il motore e scese dalla macchina per osservare meglio l'elegante profilo dell'edificio, che si stagliava orgoglioso contro la purpurea luce del tramonto, prendendosi il suo tempo.

«E così ci siamo» si ripeté, con una vaga inquietudine, respirando a pieni polmoni il vento caldo che profumava di mare. Poi percorse con lo sguardo la proprietà che aveva comprato solo due mesi prima, guidata da un impulso che l'aveva sorpresa.

Aveva fatto una sciocchezza di cui si sarebbe presto pentita?, non poté fare a meno di chiedersi.

Scacciò con forza quei dubbi, insieme alla strisciante malinconia che sentiva avvicinarsi.

L'estate sarà magnifica qui a The Vineyard. E lo saranno

anche l'autunno e gli inverni a venire. Perché dopo tanto girovagare finalmente ho una casa tutta mia, si incoraggiò, decidendosi a rientrare in macchina per guidarla fino al garage.

Solo in quel momento si rese conto di aver tenuto i pugni serrati per tutto il tempo e che le unghie le avevano lasciato profondi segni rossi sui palmi delle mani.

È normale che mi senta così. Ma domani andrà meglio e giorno dopo giorno questa tensione scivolerà via per lasciare posto a qualcosa di nuovo e di migliore.

Era crollata e si era rialzata un'infinità di volte. Ormai era abbastanza esperta da sapere come arginare i danni.

Respirò a fondo e si inoltrò lungo il vialetto che saliva per un paio di tornanti fino all'ingresso del cottage.

«Sarà la mia casa. E sarà più mia di qualsiasi altro posto in cui io abbia abitato finora» ribadì a se stessa avviandosi verso la dependance che si scorgeva sulla destra, appena dietro gli alberi.

Avrebbe portato le valigie in casa e preso confidenza con quegli spazi. Poi senza alcuna fretta si sarebbe concessa una lunga doccia che, sperava, avrebbe avuto il potere di rilassarla.

Cercò di non dare importanza all'improvvisa ansia che le accelerò i battiti del cuore e alla sensazione di gelo che la avvolse mentre passava davanti all'edificio principale.

Era stanca per il viaggio, e forse anche emozionata, ma tutto le sarebbe apparso più facile alla luce del giorno.

Qualche ora di sonno avrebbe fatto miracoli sul suo umore e sul suo ottimismo, cercò di convincersi entrando nella dependance e chiudendo con qualche giro di chiave la porta alle sue spalle.

CAPITOLO QUATTRO

Come aveva fatto ad essere di nuovo in ritardo?, si rimproverò Nora, alle nove di quel giovedì mattina, controllando per l'ennesima volta l'orologio e affrettando il passo per raggiungere l'Eden's Flowers a Vineyard Haven.

Quella di non riuscire ad essere puntuale ai suoi appuntamenti stava diventando una pessima abitudine.

Aveva letto da qualche parte che arrivare in ritardo era una forma latente di aggressività.

Se era così, con chi era arrabbiata? E perché?

Forse solo con me stessa, ammise. *Per aver rinunciato a Steve e alla promessa di trascorrere insieme il resto della nostra vita.*

Sapeva che sarebbe stato bello continuare a condividere cene, film e lunghe passeggiate sulla spiaggia. Ma...

Ma non avresti mai condiviso con lui il tuo segreto, sottolineò pronta una vocina perfida dentro di lei. E Nora sapeva di non avere argomenti per smentirla.

Era stata solo un'illusa a credere di poter avere ancora una vita sentimentale come qualsiasi altra vedova in una qualsiasi altra parte del mondo.

Raccontare a Steve che il suo Joe continuava a comunicare

con lei grazie alle lettere del gioco dello Scarabeo? O che negli ultimi mesi la sua vita si era trasformata in un ponte che anime desiderose di sistemare conti lasciati in sospeso sulla terra si sentivano in diritto di attraversare?

No. Steve non avrebbe potuto comprendere il suo *dono*. Doveva farsene una ragione e mettere da parte i rimpianti.

"Mai piangere sul latte versato" recitava un proverbio che avrebbe fatto meglio a ricordare più spesso.

Erano stati amici per tanti anni prima di innamorarsi. Forse con il tempo sarebbero tornati a esserlo, cercò di consolarsi mentre camminava lungo la State Road.

Quando arrivò all'incrocio, Nora si soffermò con lo sguardo sull'ingresso dell'Eden's Flowers, che era un tripudio di viole, margherite, rose e ortensie, e la rincuorò il pensiero che ormai non le mancassero che poche decine di metri da percorrere.

Vide da lontano Robin Mass, il proprietario del vivaio, che stava aiutando una cliente a caricare delle piante in macchina e quando alzò lo sguardo su di lei, lo salutò con un cenno e accelerò il passo per raggiungerlo.

Insieme avrebbero studiato la sistemazione del giardino della nuova proprietà di Chilmark di cui le era appena stata affidata la vendita e già sapeva che il signor Mass le avrebbe dato i consigli giusti per riportare a nuova vita quel groviglio di piante secche.

Era di ben venti minuti in ritardo sul loro appuntamento – si rammaricò controllando l'ora – Ma avrebbe trovato il modo di farsi perdonare.

Aveva lo sguardo ancora sull'orologio e non si accorse dell'uomo che all'improvviso le si parò davanti e che finì per travolgere.

«Mi scusi. Ero distratta e...»

Le parole le si spensero in bocca non appena si ritrovò

faccia a faccia con l'estraneo. Indossava una giacca logora di un paio di taglie in più, che un tempo doveva essere stata di buona fattura. La camicia, lisa sui polsi e sul collo, era infilata in pantaloni troppo larghi trattenuti da una vecchia cintura.

Continuava a fissarla, incurante del suo disagio.

Dopo un attimo di disorientamento, Nora fece per allontanarsi, ma lui la bloccò con una leggera pressione della mano sul braccio.

«Come fai a sentire le voci e a non impazzire? A volte mi sembra di non farcela...»

Vacillò a quelle parole. «Mi dispiace. Deve avermi scambiata per qualcun altro.»

«...Ma loro ci hanno scelto e vogliono che li ascoltiamo.»

Sembrava che quell'uomo le avesse letto nella mente. Come faceva a sapere?

«Tutto benc, signora Cooper?»

Il proprietario dell'Eden's Flowers si era materializzato al suo fianco. Doveva aver assistito alla scena dall'ingresso del vivaio e aveva pensato che potesse aver bisogno del suo aiuto.

Lo tranquillizzò con un sorriso. «Grazie. Sì, è tutto a posto.»

Poi si accorse che Robin Mass stava fissando la mano dell'estraneo, ancora stretta intorno al suo braccio.

Senza troppi sforzi, riuscì a divincolarsi. «Questo signore deve avermi confusa con qualcun altro.»

Fece in tempo ad allontanarsi solo di pochi passi che l'uomo le gridò dietro: «I segni parlano chiaro. Qualcosa di terribile sta per accadere!»

La schiena rigida, lo sguardo fisso davanti a sé, Nora non chiese che alle sue gambe di portarla via da lì.

«Mi dispiace. Jeff deve averla spaventata. Ha davvero esagerato questa volta.»

Allora lo conosceva. Il signor Mass sapeva chi era quello stravagante individuo.

«Jeff...?»

«Sì. Jeff Mahler. Abita appena fuori West Tisbury. Ogni tanto sragiona con questa storia delle voci e dei presagi, ma finora non ha mai creato problemi a nessuno.»

Nora respirò a fondo, sforzandosi di riprendere il controllo delle sue emozioni.

Non doveva farne una questione personale. Era chiaro che quel tipo aveva qualcosa che non andava e che era solo un caso che avesse parlato a lei di segni e di voci.

«Mi dispiace per il ritardo» si scusò con Robin Mass.

«Poco male. Mentre l'aspettavo ho studiato l'esposizione del giardino di Chilmark e ho già un paio di soluzioni da proporle.»

Con la coda dell'occhio, Nora si accorse che sull'altro lato della strada Jeff Mahler continuava a fissarla.

Per fortuna non udì la sua voce che, mentre lei si allontanava, sussurrò nervosamente: «Oggi è andata così, signora Cooper. Ma non potrai ignorarmi per sempre.»

CAPITOLO CINQUE

La stanchezza accumulata durante il viaggio che da New York l'aveva portata fino a Martha's Vineyard le era stata di grande aiuto quando era arrivato il momento di addormentarsi e le aveva permesso di rimanere tra le braccia di Morfeo per sei ore filate.

Kelly si svegliò poco prima delle sette con un pizzico di ottimismo in più e una buona dose di energie da poter consumare nel corso della giornata.

Il tempo di una doccia e, mezz'ora più tardi, mentre faceva colazione davanti alla grande finestra della cucina, ringraziò in silenzio la gentilezza della signora Cooper, che le aveva fatto trovare in frigorifero latte, uova, pancetta, succo d'arancia. E aveva anche pensato al caffè e al pane da tostare.

Il lavoro che sua figlia Meg aveva fatto nella dependance l'aveva entusiasmata dalla prima occhiata. Il vecchio tronco sbiancato dal mare trasformato in base per il tavolo di cristallo, lo specchio con la cornice di conchiglie che dominava un'intera parete dell'ingresso, la cucina a vista con il bancone su cui pranzare e fare colazione, la romantica boiserie in camera da letto. Ogni cosa rendeva speciale quel piccolo spazio.

Apprezzava soprattutto l'angolo lettura che Meg aveva creato in salone, con una comoda Chaise Longue e ripiani che incorniciavano la finestra.

Sapeva già che sarebbe diventato uno dei suoi posti preferiti.

Non era stata ancora nell'edificio principale a controllare il resto dei lavori, ma non voleva avere fretta.

Avrebbe adorato vivere a The Vineyard e anche la sua creatività ne avrebbe tratto giovamento, si disse, ignorando di proposito la sensazione di disagio che tornava ad affacciarsi ogni volta che pensava al cottage.

Da bambina aveva amato profondamente quel posto.

Guardò il mare in lontananza, oltre la finestra, e rammentò i giorni di sole in cui sua madre la portava sulla spiaggia. Ogni tanto si divertivano a far volare l'aquilone e correvano a perdifiato senza essere mai stanche.

Come avrebbe potuto immaginare che quella felicità sarebbe durata così poco?

Ma non era il momento di abbandonarsi alla malinconia, si impose Kelly allontanandosi dalla finestra per mettere la tazza del caffè ormai vuota nel lavello. Subito dopo fece una lista delle priorità della sua giornata e fu sorpresa di scoprire che al primo posto ci fosse qualcosa di tanto futile.

Avrebbe ignorato i bagagli, che ancora aspettavano di essere sistemati, e avrebbe fatto quello che da anni sognava di fare appena tornata a The Vineyard.

Dopo essersi preparata salì in macchina e una ventina di minuti più tardi si ritrovò tra le persone in fila davanti alle vetrine del Chilmark Chocolates.

Il tempo non sembrava essere passato per quel negozio. C'era sempre tanta gente in attesa del proprio turno anche quando lei era piccola e sua madre, per premio, la accompagnava a scegliere i suoi cioccolatini preferiti.

Ogni volta era una festa e una delizia per il palato.

Per anni aveva ricercato inutilmente gli stessi sapori.

Era solo perché quei cioccolatini facevano parte dei pochi ricordi felici della sua infanzia? O sarebbero stati speciali comunque?

Per un attimo Kelly socchiuse gli occhi e le sembrò di sentire il calore della mano di sua madre che stringeva la sua.

«Allora, signorina, cosa hai deciso di scegliere questa volta?»

Un sorriso le salì alle labbra.

Organizzavano le loro golose fughe di nascosto, quando suo padre era fuori per lavoro. Per lui non esistevano strappi alle regole, ma solo regole. Era sempre così apprensivo e attento a controllare che ogni cosa fosse fatta al meglio. Era il suo modo di amarle.

Sua madre, invece...

Sua madre amava la vita e come una bambina gioiva delle più piccole cose. Amava il sole, il mare, il cibo e la buona compagnia. Amava dipingere, andare al cinema, leggere un buon libro.

Era capace di entusiasmi contagiosi come di dolori sinceri. E detestava l'ipocrisia.

In quanti momenti, crescendo, Kelly si era rammaricata di non avere ereditato il gusto che lei aveva per la vita, e il suo spirito di avventura.

I cambiamenti la spaventavano. Ed era chiaro che in questo doveva aver preso da suo padre.

«Signorina...»

Riaffiorando dai suoi pensieri, Kelly si accorse che stava bloccando la fila. Si scusò con le persone in attesa alle sue spalle e riuscì finalmente a entrare nel negozio.

Il profumo intenso del cioccolato quasi la stordì. In un attimo tornò bambina e ne risentì in bocca il sapore intenso, dolce e amaro allo stesso tempo. Che intuizione aveva avuto Proust con le sue *Madeleines*.

Una commessa sorridente le si fece incontro.

«Come posso aiutarla?»

Gli infiniti tipi di cioccolatini esposti nelle alzatine di vetro erano una festa per gli occhi e per l'olfatto.

«Fate ancora i Tashmoo Truffle?» chiese piena di entusiasmo, pregustando quella gioia del palato che aveva rallegrato i primi anni della sua infanzia.

Solo un attimo dopo si sarebbe morsa la lingua per aver fatto quella domanda.

Per una che non voleva dare nell'occhio, non era una gran mossa chiedere di cioccolatini che aveva mangiato trent'anni prima e che magari al Chilmark Chocolates nemmeno vendevano più.

L'ultima cosa che voleva era che qualcuno la riconoscesse o si ricordasse di lei.

Ma sarebbe stato ancora possibile dopo tanti anni?

Fu lo stesso contrariata quando la giovane commessa si voltò per chiedere ad alta voce: «Questa signora è qui per i Tashmoo Truffle.»

La donna dietro il bancone lasciò perdere le scatole che stava sistemando e le raggiunse con un sorriso. «Ormai li prepariamo solo su ordinazione per qualche vecchio cliente. Come fa a conoscerli?»

«Sono venuta una volta in vacanza con la mia famiglia. Parecchi anni fa» mentì Kelly.

«Mi fa piacere che dopo tanto tempo si ricordi ancora dei nostri cioccolatini. Se vuole glieli faccio preparare per domani. Oppure posso consigliarle qualcosa di simile.»

«Non so se potrò tornare.»

In fondo si era fatta notare già abbastanza per quel giorno.

«Allora, Clara, falle assaggiare gli Heavenly Haselnuts.»

«Non ce n'è bisogno. Me ne prepari una confezione da dodici.»

«Perfetto. Se mi vuole scusare... La lascio in buone mani.»

Richiamata dal cenno di uno dei commessi, la donna si allontanò per raggiungere la cassa.

Kelly fu contenta che quella conversazione fosse stata interrotta e mentre aspettava i suoi cioccolatini, pensò che in futuro avrebbe dovuto stare più attenta.

Davvero non voleva che qualcuno si ricordasse della bambina con il vestito blu che era apparsa su tutti i giornali con il suo faccino smarrito. Della bambina che aveva vegliato il corpo martoriato della madre fino all'arrivo della polizia.

Per un attimo rivide se stessa ferma sulla porta della cucina e risentì lo tsunami di disperazione che credeva di aver dimenticato.

Mammina...

Un sudore freddo le imperlò la fronte e la vista le si annebbiò.

«Si sente bene?»

La commessa era tornata e ora la guardava preoccupata.

«Sì. Sto bene.»

Dopo averla ringraziata, Kelly prese i suoi cioccolatini e si diresse alla cassa.

Era ancora così turbata che voltandosi urtò contro una delle persone in fila.

«Mi scusi» mormorò distrattamente, senza nemmeno alzare gli occhi.

Non si accorse dello sguardo che continuò a seguirla anche mentre usciva dal negozio.

Perché John Riley, agente investigativo ormai in pensione, non riusciva a smettere di chiedersi come mai il volto di quella giovane donna che lo aveva appena urtato gli risultasse così familiare.

CAPITOLO SEI

Seduto sull'autobus che da Albany l'avrebbe portato fino a Boston, Ralph Bennet ingoiò il suo malumore e rigirò nervosamente tra le dita la sigaretta che sapeva di non poter accendere.

Era indifferente al paesaggio che scorreva oltre il vetro ma non distolse lo sguardo dal finestrino.

Tutto quello che voleva era scoraggiare il suo vicino di posto dall'intavolare con lui una qualsiasi conversazione solo per ingannare il tempo durante quel lungo viaggio.

Qualcuno avrebbe potuto pensare che dopo trent'anni di prigione non desiderasse che di poter stare in mezzo a gente "normale", che parlava di argomenti normali e faceva tutte le cose normali che per tanto tempo gli erano state precluse.

Eppure non gli ci era voluto molto per rendersi conto di detestare le infinite possibilità che all'improvviso gli si erano aperte.

Poter decidere cosa fare e dove andare, mettere insieme il pranzo con la cena e rimediare un tetto sotto il quale dormire, si erano subito rivelate nient'altro che terribili seccature.

Sapeva già che fuori dal carcere non avrebbe trovato

nessuna delle persone che amava ad aspettarlo. E del resto del mondo se ne fregava.

Avevano deciso di ridurgli la pena per buona condotta e senza averlo né chiesto né desiderato si era ritrovato a essere di nuovo un uomo libero.

Buona condotta. Così avevano chiamato la sua indifferenza per la vita che si svolgeva dentro e fuori le mura della prigione.

Per giorni, dopo aver ricevuto la notizia della sua imminente scarcerazione, aveva cercato di immaginare come sarebbe stato il suo ritorno alla vita che continuava a scorrere fuori da quelle quattro mura. Quando però i cancelli del carcere si erano aperti, per quasi un'ora non aveva saputo far altro che rimanersene fermo lì davanti, con ai piedi la borsa che conteneva le poche cose che possedeva, stordito e indeciso sul da farsi.

E la cosa che più lo infastidiva era che non avrebbe desiderato che di tornarsene in prigione. Perché dell'uomo che era stato trent'anni prima non era rimasto niente, e dentro sentiva solo un'enorme rabbia per chi gli aveva tolto tutto.

Rowena Sanders! Lei e quella sua arietta da bambina spaventata. Era stata loquace e generosa di dettagli quando si era trattato di parlare con l'agente Riley per farlo finire in galera.

Quella ragazzina sarà diventata una donna mentre io marcivo in prigione, si ritrovò a pensare un attimo dopo. *Ma se potessi averla tra le mani ora...*

Ralph Bennet si rese conto di aver stretto forte i pugni in grembo e di aver spezzato la sigaretta che teneva in mano. Si impose di rilassarsi per non dare nell'occhio.

Forse non era stata una buona idea, ma dopo averci pensato a lungo aveva deciso di prendere quel pullman per Boston. Avrebbe raggiunto Woods Hole e da lì sarebbe salito sul traghetto per Martha's Vineyard.

Avrebbe dovuto mettere chilometri e chilometri tra lui e il suo passato. E invece stava tornando proprio nel posto in cui tutti i suoi guai erano cominciati.

Sarebbe stato molto più saggio dimenticare e usare la libertà ritrovata per dare un nuovo senso alla sua vita.

Ma lui non ce l'aveva più una vita, e l'unica cosa che gli era rimasta in abbondanza era la rabbia. Una quantità di rabbia tale che da sola avrebbe potuto provocare la devastazione del più potente dei tornado.

Sua moglie se n'era andata con i bambini e i suoi genitori erano morti di crepacuore per la vergogna di saperlo un assassino.

Tutto per colpa di Rowena Sanders!

Se non avesse raccontato alla polizia di aver visto il suo furgone davanti al cottage di Menemsha, quella sera, forse lo avrebbero rilasciato per insufficienza di prove. Invece si era fatto trent'anni di prigione e aveva perso il lavoro, la famiglia, gli amici, la libertà.

Niente. Non gli era rimasto niente.

E visto che ormai non aveva più molto da perdere, era arrivato il momento di chiudere una volta per tutte i conti con il passato.

CAPITOLO SETTE

Mentre percorreva a piedi gli ultimi metri che lo separavano dalla sua abitazione a West Tisbury, Jeff Mahler ripensò al suo incontro di quella mattina con la signora Cooper e si sentì in colpa rendendosi conto di averla spaventata.

Quella donna doveva aver pensato di essersi imbattuta in un pazzo e forse non aveva neppure torto. Come al solito era stato troppo impulsivo e non aveva pensato all'effetto che avrebbero potuto farle le sue parole.

L'aria all'ora del tramonto era ancora tiepida ed era un bene che l'inverno fosse passato. Tutto quel gelo che gli entrava nelle ossa rendeva sempre più difficili i mesi che lo separavano da un'estate all'altra.

Dopo aver lasciato un po' dei croccantini che teneva nelle tasche ai gatti randagi che sempre gli si facevano incontro quando lo sentivano arrivare, Jeff Mahler raggiunse la sua casa e premendo l'interruttore si accorse che la lampadina al centro del modesto salone continuava a rimanere spenta.

Provò ancora – inutilmente – con le luci della cucina e del bagno.

Era evidente che quelli della centrale avevano deciso di staccargli la corrente, ma con chi poteva prendersela? Non ricordava nemmeno più quando aveva pagato l'ultima bolletta.

Aveva dovuto fare una scelta. E tra avere l'elettricità e comprare qualcosa da mettere sotto i denti, non aveva avuto dubbi.

Doveva avere ancora delle candele da qualche parte e per il momento sarebbero state più che sufficienti per le sue necessità.

Anzi, quella luce soffusa gli avrebbe permesso di vedere meglio le stelle nel cielo.

Si sarebbe seduto in giardino e si sarebbe goduto il magnifico spettacolo del firmamento. Lo spettacolo migliore al prezzo più basso.

Sarebbe stato bello trascorrere così la serata insieme alla sua famiglia. Guardare le stelle e fare a gara a riconoscerle. Felici in un momento perfetto.

«Guarda! Il Piccolo Carro.»

«C'è la Via Lattea, laggiù.»

«Papà, mi mostri Orione?»

No. No.

Lui non ce l'aveva più una famiglia. E non doveva rimuginare su quello che non avrebbe più potuto avere!

Com'era arrivato fin lì con il pensiero? Doveva tornare indietro.

Non la gara, non la famiglia felice. Le stelle. Sì, doveva concentrarsi sulle stelle.

Se tutti spegnessero le luci dei loro giardini e si accontentassero di qualche candela sarebbe più facile vederle nel cielo.

Ma a chi importava più delle stelle?

Sapeva che gran parte delle persone a The Vineyard ormai lo consideravano poco più di un ubriacone, anche se aveva smesso di bere da mesi. La vita però gli aveva assestato colpi abbastanza duri da permettergli di comprenderne le priorità.

E il giudizio della gente da tempo non rientrava tra le sue preoccupazioni.

Avrebbe riscaldato i fagioli sul fuoco. Ne aveva ancora un paio di scatole nella dispensa e per fortuna ancora non gli avevano staccato il gas.

Ne avrebbe approfittato per il tempo che sarebbe durata. Poi avrebbe rinunciato ai cibi caldi.

Ecco. Avrebbe mangiato i suoi fagioli e poi acceso una candela per leggere qualcosa prima di andare a dormire. Per fortuna aveva i suoi libri a fargli compagnia.

Ma perché continuava a sentire quella smania tra i pensieri?

Sua moglie Angela gli aveva detto di parlare con la signora Cooper, e lui l'aveva fatto. Anche se forse non nel modo migliore.

Quella donna si era spaventata. Succedeva a molti quando raccontava dei messaggi che riceveva nei sogni. Eppure aveva sperato che questa volta sarebbe stato diverso, perché Angela gli aveva detto che anche la signora Cooper poteva sentire le voci.

Non importava come fossero andate le cose quella mattina, considerò un attimo dopo mentre cercava le candele che sapeva di avere da qualche parte. Avrebbe aspettato il momento giusto e avrebbe riprovato a parlarle.

E forse sarebbe riuscito finalmente a liberarsi dalla spiacevole sensazione che qualcosa di molto brutto stesse per accadere.

CAPITOLO OTTO

Dopo essersi versata del succo d'ananas nel bicchiere, Kelly uscì in giardino decisa a gratificarsi con gli incredibili colori del tramonto e con la meravigliosa vista che poteva godere da lì.

In lontananza le onde si infrangevano sulla spiaggia, e il profumo del mare mescolato a quello dei fiori in festa per la primavera era inebriante.

Forse davvero la sua vita sarebbe ricominciata a The Vineyard, come aveva un po' follemente sperato ricomprando il cottage di Menemsha.

Da qualche mese la fortuna sembrava essersi ricordata di lei e quello che all'inizio era solo un hobby si era trasformato in un lavoro molto redditizio. Era bastato il critico giusto, finito per un disguido al *vernissage* che lei aveva organizzato insieme a un amico pittore, e la sua vita era cambiata dall'oggi al domani. Le quotazioni delle sue sculture erano salite vertiginosamente. E i suoi gioielli, fotografati sulle pagine di *Vogue*, erano ora nelle vetrine delle più importanti boutique americane ed europee.

Tutto quel successo in alcuni momenti ancora la confondeva, e qualche volta sentiva di non meritarlo, ma finalmente poteva fare le cose che amava senza dovrsi preoccupare di riuscire a mettere insieme i soldi per le bollette.

Per non parlare del fatto che con tutto quel denaro che all'improvviso aveva rimpinguato il suo conto in banca aveva potuto comprare il cottage di Menemsha.

Era stato un errore? Se ne sarebbe pentita?

Anche la dottoressa Lindberg era rimasta sorpresa quando le aveva raccontato di aver deciso di acquistare *quella* casa e di essere in procinto di trasferircisi. Poi però l'aveva incoraggiata.

Era stata una sconsiderata a illudersi di poter camminare sui carboni ardenti senza bruciarsi?, non poté fare a meno di chiedersi.

La verità era che per il momento non era in grado di capirlo e quindi la cosa migliore era mettere da parte quelle considerazioni che le avrebbero tolto il buonumore.

Bevve un altro sorso di succo d'ananas pensando a quanto un bicchiere di vino bianco ghiacciato sarebbe stato più appropriato per il suo aperitivo. Ma aveva deciso di tenere gli alcolici fuori dalla sua vita per un po' e avrebbe tenuto fede al suo proposito.

Prese il cellulare, decisa a scattare una foto a quel magnifico tramonto. Prima di andare a dormire l'avrebbe mandata a Donald, insieme ai saluti della buonanotte.

Certo, lui non aveva fatto i salti di gioia quando gli aveva comunicato di aver comprato quel cottage. Forse temeva che la distanza li avrebbe allontanati, visto che gran parte del suo lavoro era ancora a New York. A ogni modo, ne era sicura, presto si sarebbe innamorato di quel posto. E forse un giorno – chissà – avrebbero potuto persino decidere di viverci insieme.

Rallegrata da quella prospettiva, Kelly si persuase a mangiare un paio delle tartine al formaggio che si era preparata poco prima e che aveva sistemato sul basso tavolo del patio. Poi il suo sguardo si spinse oltre la recinzione del cottage e nel giardino confinante vide una donna dal fisico snello, i cui candidi capelli erano acconciati con un taglio maschile che nulla toglieva alla grazia dei suoi lineamenti.

È ancora agile, pensò Kelly osservandola mentre si arrampicava su una piccola scala per recidere alcuni boccioli da un rigoglioso roseto.

Rimase a guardarla ancora per qualche minuto, poi si decise. Lasciò il bicchiere accanto alle tartine, uscì dal cancello e raggiunse l'abitazione della sua vicina.

«Si può?» chiese ad alta voce.

«Sono qui.»

Kelly passò davanti al cottage e lo aggirò per raggiungere il retro della casa.

«Spero di non disturbare...»

La donna che poco prima aveva osservato dal suo giardino scese dalla scala e sistemò le ultime rose nel cestino che aveva con sé. «Venga pure. Si accomodi.»

Poi, quando Kelly fu più vicina, le sorrise, in attesa di capire chi fosse e cosa volesse da lei.

«Come sta, signora Waldon?»

Il fatto che mostrasse di conoscerla spinse Janice Waldon a osservarla con più attenzione.

Con il passare dei secondi un'espressione di incredulità le salì al volto e infine i suoi occhi si riempirono di commozione.

«Mio Dio! La piccola Rowena! Sei proprio tu?»

«Si ricorda ancora di me, signora Waldon.»

«Come potrei non ricordarmi? Ma basta con questo "signora Waldon". Un tempo mi chiamavi Janice.»

«Allora ero una bambina. E anche piuttosto impertinente, credo.»

«Per te sono e sarò sempre Janice. Quando sei tornata?

Non sai quanto ti ho pensato in questi anni, ma non sapevo dove fossi e nessuno aveva tue notizie.»

«Sono arrivata ieri sera.»

Forse la sua risposta fu troppo laconica, ma ci sarebbe stato tempo per raccontarle tutto il resto.

«Non mi dire che sei tu la nuova proprietaria del cottage...»

Kelly annuì in silenzio.

«Sarà bello affacciarsi dalla finestra e vederti di nuovo in giardino, mia piccola Rowena. Sono contenta che tu sia tornata.»

Janice Waldon rimase a rimirarla ancora per qualche secondo, felice e incredula, poi la prese sottobraccio e la condusse verso casa. «Vieni, andiamo a berci un bel bicchiere di tè freddo. Avevo giusto bisogno di una pausa. Abbiamo tante cose da raccontarci.»

Entrarono e quando si guardò intorno, Kelly fu sopraffatta dalla sensazione che il tempo non fosse passato tra quelle quattro mura.

Il *bow window* con la cassapanca e i cuscini a fiori, il camino in pietra, il divano di pelle che d'estate le si appiccicava alle gambe nude, l'arco che separava il salone dalla sala da pranzo. Tutto sembrava uguale a trent'anni prima.

Era solo una bambina quando nei pomeriggi estivi andava a fare merenda dalla signora Waldon e nemmeno immaginava di ricordare tanti particolari.

«Allora... Come sta la mia piccola Rowena?»

«Ora mi chiamo Kelly. Kelly Scott.»

«Capisco.»

Janice Waldon fece un leggero cenno con la testa, come se davvero sull'argomento non ci fosse bisogno di dire altro e un attimo dopo aggiunse con un sorriso: «Spero che ti piaccia ancora la mia torta di lamponi.»

«L'ho sognata per anni. Non ne ho più mangiato una così buona.»

«Sei fortunata. L'ho sfornata appena due ore fa. Vado a tagliartene una fetta.»

Mentre la signora Waldon si dirigeva in cucina, Kelly si accomodò sul divano e per un attimo, guardando fuori dalla finestra, le sembrò di rivedere l'elegante silhouette di sua madre, col suo cappello di paglia a larghe tese. Come faceva sempre durante le sue merende a casa della vicina, la salutava dal loro giardino.

Aveva quel suo sorriso enigmatico e la consueta grazia.

Mamma...

«Ecco qua. Vediamo se riesci a fare ancora onore alla mia torta di lamponi. Una volta sei arrivata a mangiarne cinque fette. Temevo che ti saresti sentita male.»

Il ritorno della padrona di casa la riportò al presente e Kelly si sforzò di sorriderle: «Avevo sei anni e nessun problema di linea. Non credo di potermele più permettere.»

«Eri una bella bambina e ora sei una bella donna. Una donna di successo, direi. Non prendermi per una pettegola ma devi aver speso una fortuna per ristrutturare il cottage. E la Mustang posteggiata davanti al cancello...»

Kelly pensò che aveva sempre amato lo stile diretto della signora Waldon. Mandò giù un boccone della sua torta prima di risponderle: «Le cose hanno cominciato a girare bene. Ma non è stato sempre così. I soldi della mamma sono finiti presto e ho dovuto lavorare per pagarmi gli studi. Ho fatto la cameriera, la baby-sitter, la donna delle pulizie, la centralinista in un call center.»

«E ora?»

«Creo gioielli e sculture di rame. All'inizio era poco più di un hobby. Poi sono piaciuti al critico giusto e adesso valgono un sacco di soldi.»

«Anche Alma aveva un grande senso artistico. Hai preso da lei.»

Kelly aveva ben impressa nella memoria l'immagine di sua madre che preparava colori, tele e cavalletto prima di prenderla per mano e trascinarla fuori casa.

«Oggi si va a dipingere» le diceva.

E questo il più delle volte comprendeva anche un gustoso picnic in qualche magnifico posto dell'isola.

«Aspetta. Se non ricordo male...»

Janice Waldon si alzò e cominciò a frugare dentro una vecchia scatola di latta che aveva tirato fuori dalla libreria.

Dopo pochi istanti, soddisfatta, le allungò una foto. «Guarda qua.»

Kelly si ritrovò davanti un'immagine ormai sbiadita dal tempo in cui sua madre la teneva per mano. Erano in riva al mare e la felicità che c'era nei loro volti mentre si guardavano le fece salire un groppo alla gola.

«È davvero una bellissima foto.»

Nonostante i suoi sforzi per trattenerle, sentiva le lacrime premerle agli occhi.

«Ora devo andare. La torta di lamponi era buonissima, proprio come la ricordavo.»

Salutò la signora Waldon con un abbraccio e solo quando fu di nuovo in strada le sembrò di poter riprendere a respirare.

Non sarebbe stato facile, lo sapeva, ma non era arrivata fin lì per crollare alla prima difficoltà.

Sarebbe tornata a trovare la sua vicina e avrebbe mangiato ancora la sua meravigliosa torta ai lamponi. Avrebbe commentato con lei le vecchie foto e parlato di sua madre.

E prima o poi, come per incanto, avrebbe scoperto di poter convivere con i ricordi senza sentire tutto quel dolore che le schiacciava il petto e le toglieva il fiato.

CAPITOLO NOVE

«Devi ascoltare le voci, Nora. Ascoltare le voci e seguire i segni.»

«Quali voci? Quali segni?»

La donna di spalle aveva lunghi capelli color miele, come la bambina che era con lei e che teneva per mano. Alla sua domanda si voltarono e Nora si accorse che erano ferite.

Un rivolo di sangue scendeva dalla tempia della donna fino a macchiare la candida camicia che indossava. E la bambina aveva la parte destra del volto tumefatta e un taglio profondo che le attraversava la fronte.

Un'oppressione al petto la risvegliò da quel sonno tormentato e Nora si rassicurò riconoscendo nella penombra i mobili di camera sua, i libri sul comodino e la spada di luce della luna che filtrava dalla finestra.

Era stato solo un sogno.

Si alzò a sedere sul letto per bere un sorso d'acqua, ma non riuscì a liberarsi dall'affanno.

L'immagine della donna e della bambina continuava a rimanere invischiata nei suoi pensieri.

Forse non era un caso che le loro parole somigliassero a

quelle che lo strano tipo il giorno prima le aveva detto per strada.

Mentre si occupavano del giardino che dovevano allestire, Robin Mass le aveva raccontato che Jeff Mahler aveva perso la moglie e la figlia in un incidente d'auto, diversi anni prima, e che da allora viveva come un barbone.

Potevano essere state quelle informazioni a ispirarle il sogno che aveva appena fatto?

Sapendo che per il momento quella domanda sarebbe rimasta senza risposta, Nora controllò la sveglia sul comodino. Erano appena le quattro, ma decise lo stesso di alzarsi, nella speranza di scrollarsi di dosso quell'inquietudine.

Si soffermò per qualche istante davanti allo specchio che campeggiava sulla parete di fronte al letto.

Non amava troppo le nuove rughe che si erano formate sul suo viso. Detestava le occhiaie che affioravano al primo segno di stanchezza. Avrebbe voluto labbra più grandi e capelli meno ribelli.

Sapeva che molti la consideravano ancora una bella donna, ma quello che più le piaceva dei suoi cinquant'anni era il modo in cui riusciva finalmente a stare bene con se stessa, grazie alle ansie che il tempo e l'esperienza le avevano portato via, ai dolori che aveva superato, al fatto che il mondo non le apparisse più solo un luogo ostile e incomprensibile.

Aveva imparato ad accettare il suo *'dono'* e questo in qualche modo la faceva sentire più forte.

Lasciò lo specchio e decise di scendere in cucina a prepararsi una tazza di caffè.

Avrebbe acceso il televisore perché le voci le facessero compagnia. E avrebbe mangiato un po' della torta di mele che Rudra, l'indiano che la aiutava in casa, aveva cucinato per lei la sera prima.

Verso le otto sarebbe uscita per sbrigare le sue commissioni di lavoro e poi, prima di pranzo, avrebbe chiamato Kelly Scott per chiederle come fosse stato il suo arrivo a The Vineyard e se avesse bisogno di qualcosa.

Sì, avrebbe fatto proprio così, si disse.

Avrebbe preso tempo, aspettando che il significato del sogno che aveva appena fatto le si rivelasse. E forse per un po' sarebbe anche riuscita a non pensare all'immagine struggente della donna e della bambina dai capelli color miele.

CAPITOLO DIECI

Pochi minuti dopo aver finito la sua frugale colazione, Kelly tornò in camera da letto e indossò una comoda tuta e scarpe da ginnastica. Avrebbe sistemato i bagagli che aveva portato con sé in macchina e che fino a quel momento non aveva avuto voglia di disfare.

Il resto delle cose che aveva lasciato nella sua casa di New York sarebbe arrivato con il camion dei traslochi nel giro di una settimana e in realtà per il momento non aveva da mettere a posto molto di più di quel bagaglio che in genere si porta con sé per una vacanza non troppo lunga.

La signora Cooper e sua figlia le avevano fatto trovare la dependance pulita di tutto punto e già pronta da abitare. Così non dovette far altro che piegare maglioni e camicie, appendere vestiti, giacche e pantaloni, e se la cavò piuttosto in fretta.

Avrebbe approfittato del tempo che rimaneva prima di pranzo per andare a fare un po' di spesa, decise salendo sulla sua auto un'ora più tardi. E avrebbe comprato dei fiori.

Niente scalda l'atmosfera di una casa come dei fiori nei vasi, pensò.

Alla guida della Mustang cabriolet che aveva comprato

solo sei mesi prima, quando le cose per lei avevano cominciato a girare bene, Kelly raggiunse la State Road, percorrendola in direzione di Chilmark, e fu stupita dal senso di familiarità che provava attraversando quei paesaggi.

Nonostante tutto, sentiva di essere tornata a casa. Dio, come amava quella sensazione di appartenenza!

Solo all'ultimo momento decise di percorrere la Menemsha Road. In pochi minuti sarebbe arrivata al bivio che deviava verso la Straight Way e poi avrebbe proseguito fino a Vineyard Haven.

Avrebbe potuto trovare quello che le serviva anche più vicino, ma quei chilometri in più sarebbero stati una buona occasione per un breve giro turistico dell'isola.

In fondo non aveva fretta e nessuno aspettava il suo ritorno a casa.

Già. Erano anni che non doveva preoccuparsi che di se stessa...

Allontanò in fretta quel pensiero che avrebbe cambiato il suo umore per il resto della giornata.

Aveva conosciuto la depressione e avrebbe fatto il possibile per tenersene lontana. Sapeva quanto potesse essere infida e non le avrebbe lasciato spiragli in cui insinuarsi.

Aveva toccato il fondo, era stata sola e disperata, ma ora il lavoro andava bene e il successo sembrava rendere tutto più semplice.

Forse anche il suo rapporto con Donald si sarebbe trasformato in qualcosa di importante. Magari prima o poi avrebbero anche deciso di mettere su famiglia insieme. Perché no?

Sarebbe finalmente diventata la donna realizzata e di successo che nei momenti più bui aveva sognato di poter diventare.

Aveva già pagato profumatamente i suoi conti con la vita.

Immersa in quei pensieri, si accorse della curva che

l'avrebbe immessa nella Straight Way solo all'ultimo momento.

L'incrocio era a poche decine di metri e la strada che stava percorrendo finiva lì. L'unica cosa che poteva fare era decidere se svoltare a destra, come doveva, o a sinistra.

Dopo aver controllato dallo specchietto retrovisore che non ci fosse nessuno dietro di lei, spostò con decisione il piede sul pedale del freno, che però non diede alcun segnale di vita.

Spaventata, cercò di frenare di nuovo, con più forza.

Insistette ancora un paio di volte prima di accettare l'evidenza che i freni fossero fuori uso. Ma se non rallentava, non sarebbe riuscita a tenere l'auto in carreggiata.

Con il cuore che batteva forte, guidata solo dalla disperazione, provò a scalare marcia.

Tutto ciò che ottenne fu un fastidioso rumore di ferraglia accompagnato da un acre odore di bruciato.

La sua mente lavorava freneticamente in cerca di una via d'uscita.

Mentre un sudore freddo le imperlava la fronte, si aggrappò forte al volante per cercare di tenere la strada.

Nonostante il suo disperato tentativo di farle seguire la traiettoria della curva, la Mustang si avvitò in un testacoda.

Mio Dio...

Gli alberi. L'asfalto. Il cielo. Le nuvole che formavano strani disegni. I fiori che aveva deciso di comprare per sentire la casa più sua.

Donald. Il suo lavoro. I programmi per un futuro che forse non ci sarebbe mai stato.

E in quei pochi secondi che le parvero interminabili, Kelly non poté fare altro che proteggersi il volto con le mani mentre osservava impotente la sua macchina piombare a tutta velocità contro un robusto albero che costeggiava il bordo della strada.

CAPITOLO UNDICI

Mentre si dirigeva in auto verso Chilmark, per dare un'occhiata a una proprietà che le avevano appena proposto di vendere, Nora stava organizzando mentalmente gli appuntamenti della giornata quando poco prima della svolta per la Menemsha Road vide una Mustang blu accartocciata contro un albero.

L'incidente doveva essere avvenuto da poco, si rese conto preoccupata, notando il fumo che si levava dal motore.

Un attimo dopo accostò al bordo della strada e si affrettò per vedere se qualcuno avesse bisogno di aiuto. Ma una volta raggiunta la Mustang, si accorse che nell'auto non c'era nessuno.

Il tempo di guardarsi intorno e scorse una donna dai lunghi capelli castani con riflessi ramati raggomitolata su se stessa, per terra, con il viso tra le mani.

«Tutto a posto?»

Al suono di quelle parole la donna sollevò la testa. Aveva occhi di un verde trifoglio, leggere efelidi sul naso e un'aria incredibilmente fragile.

Un' aria incredibilmente fragile che Nora aveva la sensazione di aver già visto da qualche parte.

«Un po' stordita ma... ho controllato pezzo per pezzo e credo di non avere niente di rotto.» La giovane donna si alzò con il suo aiuto. «Lo stesso non può dirsi della mia macchina.»

«Mi dispiace per la sua bellissima Mustang, ma tra qualche ora capirà di essere stata fortunata che non sia andata peggio.»

Vedendo la donna più da vicino, Nora si accorse dell'alone scuro che le si stava disegnando sullo zigomo destro. «Presto avrà un bel livido. Non sembra niente di preoccupante, ma posso portarla in ospedale perché le diano un'occhiata.»

«Non ce n'è bisogno. Davvero.»

«Allora la accompagnerò da un meccanico. Chiederemo che mandino qualcuno a prendere la macchina. Da come fuma il motore non credo sarebbe saggio cercare di rimetterla in moto.»

«Grazie infinite. Accetto volentieri un passaggio.» La donna le allungò la mano per presentarsi. «Kelly Scott...»

In quel momento Nora comprese perché quel volto le fosse familiare. Per quanto la foto dei documenti che la sua cliente le aveva mandato da New York non le rendesse giustizia, era lì che l'aveva già vista.

«Finalmente ci conosciamo, signorina Scott. Anche se mi dispiace che sia in queste circostanze. Sono Nora Cooper. Le ho venduto io il cottage di Menemsha.»

«Non male come coincidenza.»

E vedendola distendere le labbra, Nora comprese che l'ombra di tristezza che Kelly Scott aveva negli occhi non l'abbandonava nemmeno quando sorrideva.

«Avrei voluto accoglierla al cottage, ieri sera, ma la persona con cui ho parlato un paio di giorni fa al telefono mi ha detto che non era necessario e che sarebbe bastato farle arrivare le chiavi in tempo prima della sua partenza da New York.»

«Già. Donald... Donald Wilson. Il mio addetto stampa.»
E da un paio di settimane anche il mio fidanzato, pensò Kelly senza aggiungerlo.

Per quanto all'inizio l'avesse imbarazzata avere un addetto stampa tutto per sé, il successo era stato così grande e improvviso che era stato un sollievo deviare su Donald i contatti con galleristi, clienti e giornali, per poter continuare a essere la persona introversa e solitaria che era sempre stata.

«La ringrazio di tutto quello che lei e sua figlia avete fatto per me, signora Cooper. La dependance è perfetta. E mi ha fatto trovare persino il necessario per la colazione...»

«Mi dispiace per la sua macchina. Deve averla comprata da poco.»

«Forse è stata una punizione per aver scelto un'auto così diversa da me. Non so cosa mi sia preso. Avevo tutt'altre intenzioni quando sono andata dal concessionario e poi, quando l'ho vista, ho scelto questa Mustang cabriolet senza pensarci un attimo.»

Già, era vero, si rese conto Nora. Non c'era accoppiata più improbabile di quella ragazza dall'aria timida e quella macchina sportiva e vistosa. Ma non lo disse.

«Se sei d'accordo, diamoci del tu. Avviso Jim Adler perché mandi qualcuno dall'officina e poi ti offro qualcosa da bere al pub di Rose. Dopo la paura che ti sei presa, ne avrai bisogno» commentò invece.

Prima di sedersi al posto di guida, gettò solo un ultimo sguardo sulla Mustang blu, chiedendosi come diavolo avesse fatto Kelly Scott a perdere il controllo dell'auto e a schiantarsi dritta contro un albero invece di seguire la traiettoria della curva come sarebbe stato naturale.

CAPITOLO DODICI

L'ex agente investigativo John Riley tornò a casa dalla sua passeggiata quotidiana, mise in frigo la bottiglia di latte che il fattorino gli aveva lasciato davanti alla porta e si sedette al tavolo della cucina a leggere il giornale appena comprato.

Da quando era andato in pensione e sua moglie non c'era più, le giornate sembravano diventate interminabili e quei semplici rituali che si ripetevano giorno dopo giorno lo aiutavano a riempirle.

E pensare che c'era stato un lungo periodo della sua vita in cui il tempo non era mai abbastanza.

Sua moglie si rammaricava spesso per il poco spazio che il suo lavoro di detective gli lasciava per la famiglia. Poi, quando avrebbe potuto mantenere tutte le promesse che le aveva fatto in quarant'anni di matrimonio, una leucemia se l'era portata via nel giro di pochi mesi.

A lungo aveva pensato che il buon Dio avesse deciso di punirlo per non essersi preoccupato abbastanza di farla felice.

Sapere che Ethel era al suo fianco aveva reso la sua vita migliore. E lei cosa ne aveva ricevuto in cambio?

Era convinto che prima o poi sarebbe riuscito a portarla a Parigi per la luna di miele che non avevano mai fatto, che avrebbe trovato il tempo per accompagnarla più spesso a trovare i loro nipotini a Boston o che finalmente avrebbe pitturato la porta di casa come le aveva promesso.

Si era illuso che ci sarebbe stato tempo per tutto e invece ora la sua Ethel non c'era più.

Se solo riuscissimo a comprendere prima che sia troppo tardi che nulla è per sempre.

Abbandonò con un sospiro quei pensieri e si versò una tazza di caffè, deciso ad arginare la malinconia prima che dilagasse. Non voleva trasformarsi in un vecchietto lagnoso e solitario. A settant'anni appena compiuti si sentiva pieno di energie e se non lo avessero costretto ad andare in pensione sarebbe rimasto al Dipartimento di polizia di Chilmark a fare il suo lavoro. E di sicuro non lo avrebbe fatto meno bene di tanti colleghi più giovani di lui.

Mandò giù un lungo sorso di caffè e tornò alla Vineyard Gazette. Stava scorrendo il taglio basso della seconda pagina quando la sua attenzione fu attratta da un trafiletto che annunciava la scarcerazione di Ralph Bennet e che in poche righe raccontava l'omicidio in cui era stato coinvolto trent'anni prima proprio lì a The Vineyard.

Ralph Bennet.

Lasciò la sua tazza sul tavolo e raggiunse il garage.

Davvero non si rassegnava a essere un vecchio poliziotto in pensione, si compiacque accendendo la luce e guardandosi intorno per capire dove avrebbe potuto trovare quello che cercava.

Era solo curioso di capire come mai un omicida come Bennet fosse già a piede libero?

Il disordine si era accumulato da quando Ethel non c'era più e ci mise un po' a ritrovare la scatola di cartone rosso. Con qualche colpo della mano la liberò dalla polvere che ci si era depositata sopra e decise di portarla in casa.

Con chissà quanto amore – o forse solo per riempire il vuoto della solitudine – per anni sua moglie aveva raccolto tutti i giornali che parlavano dei casi di cui si era occupato.

Era sempre stata così orgogliosa di lui. Aveva fatto un lavoro pazzesco, catalogando un numero infinito di articoli e trafiletti. Poi, due anni prima di ammalarsi, aveva smesso.

Forse non aveva più la pazienza certosina che quel lavoro richiedeva. O aveva perso interesse per quello che lui faceva.

Allontanò quel dubbio e prese a spulciare tra quei ritagli. Ci mise un quarto d'ora, ma alla fine trovò quello che cercava.

Era stato lui ad arrestare Ralph Bennet per omicidio. Erano passati tanti anni, ma ricordava bene quel caso. Alma Sanders era stata brutalmente assassinata in casa e sua figlia, una bambina di appena sette anni, era accanto al suo corpo ormai senza vita quando era arrivato con i suoi colleghi.

Poi il suo sguardo cadde sulla vecchia foto che accompagnava l'articolo e finalmente comprese la sensazione di familiarità che aveva provato il giorno prima uscendo dal Chilmark Chocolates.

La piccola Rowena!

La donna che lo aveva urtato somigliava in modo impressionante alla bambina con il vestito blu che tutti i giornali dell'epoca avevano ritratto.

Possibile che fosse proprio lei? E da quanto era tornata a The Vineyard?

Le era stato accanto per tante ore dopo l'omicidio.

Il dolore che stracipava dal silenzio di quella bambina era così immenso che in attesa che il padre la raggiungesse l'aveva portata a casa con sé, nella speranza che la presenza di sua moglie e dei suoi figli sarebbe riuscita a portare un po' di calore nel gelo che avvolgeva il suo piccolo cuore.

Non era stato facile tirarla fuori dal mutismo in cui si era chiusa per proteggere quella devastante sofferenza.

La psicologa che lo aveva aiutato in quel difficilissimo interrogatorio gli aveva spiegato che la mente di Rowena aveva rimosso alcuni particolari di quella traumatica esperienza. Una forma di amnesia che teneva lontano ciò che risultava intollerabile alla sua mente bambina.

Per fortuna i pochi dettagli che era riuscita a fornire alla polizia erano stati sufficienti per incastrare l'assassino di sua madre.

Per tanto tempo aveva cercato di sapere cosa ne fosse stato della piccola Rowena. Ma dopo il suicidio del padre ne aveva perso ogni traccia.

Il destino non era stato generoso con lei.

Quando di tanto in tanto, nel corso degli anni, la sua immagine sofferente gli era tornata in mente, aveva cercato di convincersi che Rowena Sanders avesse ritrovato un po' della serenità che le spettava di diritto, dopo tutto quello che la vita le aveva tolto.

E ora – se era davvero lei – cosa poteva averla riportata lì?

Era solo un caso che Ralph Bennet fosse stato appena liberato e che la figlia della donna che lui aveva ucciso tanti anni prima fosse tornata a The Vineyard?

Rimettendo a posto gli occhiali che aveva usato per leggere, John Riley decise che avrebbe fatto un salto al Dipartimento e con la scusa di salutare i vecchi colleghi ne avrebbe approfittato per cercare di fare un po' di luce su quella strana circostanza.

Era stanco di fare il pensionato e gli mancava l'eccitazione che accompagnava ogni indagine. Ma soprattutto, dopo un'intera vita passata in polizia, aveva imparato a diffidare delle coincidenze.

CAPITOLO TREDICI

Impalpabili tende di garza che danzavano al ritmo della brezza serale, una capanna per i drink, bassi tavolini di legno animati da infinite candele. E davanti il mare, e il meraviglioso spettacolo del sole che scivolando sulla linea dell'orizzonte lo tingeva di rosso.

Scendendo dal taxi che l'aveva portata fin lì all'ora del tramonto, Kelly pensò che il Samsara aveva tutte le caratteristiche per diventare nel giro di pochi mesi uno dei locali più alla moda di tutta l'isola.

Meg aveva fatto davvero un ottimo lavoro, considerò guardandosi intorno. Ed era contenta che l'appuntamento che si erano date l'avesse costretta a uscire.

Aveva un vistoso livido sullo zigomo destro, e la spalla era dolorante, ma era contenta di non essere rimasta a casa ad affliggersi per i suoi acciacchi o per la sfortuna che la perseguitava.

L'incidente di quella mattina sarebbe potuto capitare a chiunque e in qualsiasi angolo del mondo.

Aveva deciso che la sua vita sarebbe ricominciata a The

Vineyard, dove tanti anni prima si era spezzata, e non si sarebbe scoraggiata tanto facilmente.

Quando sua madre e suo padre erano morti, per lei si erano aperte le porte del collegio. Lì per tanti anni aveva trascorso ogni singolo minuto della sua esistenza. Anche i periodi di festa, quando le camerate si svuotavano e tutti tornavano in famiglia.

Niente avrebbe mai cancellato tutta quella solitudine, né l'imbarazzo che aveva provato di non avere nessuno che l'amasse.

Ma non voleva più sentirsi così. Non voleva più essere "la povera Rowena".

Con un profondo sospiro Kelly decise che era arrivato il momento di pensare ad altro. Conosceva il suo 'punto di rottura' e voleva tenersene alla larga finché poteva.

Occhieggiando nel fervore frenetico degli ultimi preparativi il suo sguardo si soffermò su una graziosa ragazza dai capelli rossi che a piedi scalzi si era arrampicata su una scala per sistemare meglio il drappeggio di una tenda.

Spinta da un'istintiva simpatia, fece qualche passo per raggiungerla.

«Ho un appuntamento con Meg Cooper» le disse non appena le fu accanto.

«Tu devi essere Kelly.» Meg scese dalla scala e le allungò la mano con un sorriso affabile. «Ti stavo aspettando.» Accennò ai piedi nudi e ai jeans che aveva arrotolato alla caviglia. «Scusami, ma siamo agli ultimi ritocchi e l'incapacità di delegare è uno dei miei più grandi difetti.»

«O la tua virtù. Visti i risultati...»

«Grazie. Vieni, sediamoci. Che ne dici di un prosecco ghiacciato?»

«Non bevo alcolici. Un bicchiere d'acqua andrà bene.»

Meg si allontanò per parlottare con il barista che stava

organizzando la disposizione delle bottiglie nella capanna sulla spiaggia, poi tornò e si accomodò accanto a Kelly su un divanetto con cuscini di seta blu.

«Hai un bel livido... Mia madre mi ha detto dell'incidente.»

«È un bene che io non creda nel destino. Altrimenti dovrei dire che il mio trasferimento a The Vineyard non è nato sotto una buona stella.»

«Sarai felice qui. Quest'isola è magnifica e il cottage che hai deciso di acquistare è un incanto. Ma al telefono mi dicevi del tuo studio...»

«Vorrei riprendere subito a lavorare e mi chiedevo se fosse possibile ricavare un piccolo spazio da adibire a laboratorio nella dependance.»

Meg non ebbe bisogno di rifletterci molto. «La seconda stanza da letto sarebbe perfetta. C'è anche una grande finestra con tanta luce. Che tipo di mobilio ti serve?»

Ringraziò con un sorriso il barista che aveva portato il suo aperitivo e il bicchiere d'acqua per Kelly.

«Un tavolo piuttosto grande, uno sgabello e qualche contenitore. Uso soprattutto fili di rame e ho diversi attrezzi. Ah... e mi piacerebbe un espositore per avere a vista i gioielli su cui sto lavorando.»

«Ho un fornitore che nel giro di un paio di giorni potrebbe mandarci tutto.»

«Sarebbe perfetto. Prima è, meglio è. Quando non lavoro divento nervosa.»

Meg sorrise complice. «Non sai quanto ti capisco.»

Poi la sua attenzione fu attratta dalla copia della Vineyard Gazette poggiata su un divanetto lì accanto. Era aperta sul trafiletto in seconda pagina sul quale si era soffermata un paio d'ore prima.

Avrebbe voluto commentare con Kelly la notizia dell'omicida che si era fatto solo trent'anni di prigione e che era già a piede libero, ma non ne ebbe il tempo.

«Potrei anche offendermi. Venire nel mio locale e accontentarsi di un bicchiere d'acqua.»

La voce era bassa, un po' roca e – doveva ammetterlo – molto sexy. Kelly alzò lo sguardo e si ritrovò a tu per tu con un paio di occhi neri come il petrolio.

Fu Meg a occuparsi delle presentazioni. «Adam Beltz. Nonché mio capo. Nonché proprietario del Samsara. Adam, Kelly Scott. Ho appena ristrutturato per lei il cottage di Menemsha.»

«Ciao, Kelly. Hai fatto a botte con qualcuno?»

«Niente di così originale. Ho solo avuto un incidente con la macchina.»

Mentre stringeva la mano che le aveva teso, Kelly si augurò di non essere arrossita davanti a quello sguardo che aveva il potere di metterla a disagio.

«Peccato. Speravo in qualcosa di più intrigante» scherzò Adam.

Aveva un sorriso maledettamente affascinante, non poté fare a meno di considerare. E qualcosa le faceva sospettare che lo usasse spesso come esca per le sue prede.

Un secondo dopo il barista tornò al loro tavolo con un bicchiere a coppa decorato con fragole, ananas e spicchi di pesca, che Adam le porse.

«Ti ho fatto preparare un aperitivo analcolico alla frutta. Non vorrai rovinare la reputazione del mio locale prima ancora che lo abbia inaugurato?»

Kelly gli sorrise e sorseggiò il cocktail sotto il suo sguardo attento.

«Allora?»

«Buonissimo. Se dovessi tornare, so cosa ordinare.»

«Nessun se. Spero che la sera dell'inaugurazione sarai dei

nostri. Io e Meg saremo così stressati che avremo bisogno di volti amici.»

«Io... non so.»

«Dai. Sarebbe fantastico» insistette anche Meg.

Per quanto non fosse in vena di socializzare, la sua espressione, e quella di Adam, erano così piene di aspettative che sarebbe stato impossibile deluderli con un 'no'.

«D'accordo. Ci sarò.»

«Con il tuo permesso mi farò dare il tuo indirizzo da Meg, per farti avere l'invito.»

Mentre controllava l'orologio, Kelly annuì e si alzò in piedi.

«Ora però devo andare. La macchina è ancora dal meccanico e ho chiesto al taxi di venire a riprendermi alle otto.»

Anche Meg si alzò. «Ti chiamo domani. Appena sveglia passerò a vedere i mobili per il tuo studio.»

«Perfetto.» Poi Kelly si voltò verso Adam, porgendogli la mano per salutarlo. «Grazie per il cocktail.»

Fu una sua impressione o lui indugiò su quella stretta più del dovuto?

Benedicendo la penombra, che impedì a entrambi di accorgersi del suo imbarazzo, Kelly si allontanò verso il parcheggio.

Forse era per colpa della sabbia, o del suo nuovo incontro, ma sentì il passo farsi traballante al pensiero che Adam Beltz potesse seguirla con lo sguardo mentre raggiungeva il taxi che già la stava aspettando.

CAPITOLO QUATTORDICI

Entrando nell'agenzia immobiliare di Nora, a Oak Bluffs, quel sabato mattina, John Riley ne ricavò la sensazione di calore che sempre provava tra le mura di quel piccolo spazio zeppo di documenti, riviste, foto di case, quadri, fiori sempre freschi e la macchina del caffè che campeggiava in un angolo.

Gli piaceva il modo in cui Nora e Judith lo accoglievano come fosse un vecchio amico. E forse un po' lo era diventato.

Grazie a loro aveva trovato la casa in cui ora abitava. Un affare che Nora lo aveva aiutato a concludere in fretta e che gli aveva permesso di risolvere un po' di problemi economici. La degenza in ospedale di Ethel era stata lunga e dolorosa. L'assicurazione non aveva coperto tutte le spese e i debiti si erano accumulati.

Nora era stata così gentile e disponibile in un momento per lui tanto difficile che avevano finito per diventare amici.

«Buongiorno, John. Arrivi giusto in tempo per una tazza di caffè. L'ho appena preparato» lo apostrofò Nora vedendolo entrare.

«Proprio quello che mi ci vuole. Sei sola oggi?»

«Judith ha accompagnato dei clienti a vedere una casa a Vineyard Haven. Dovrai accontentarti della mia compagnia.»

«Mi accontenterò.» Poi, più serio, aggiunse: «Anche se devo confessarti che la mia non è una visita disinteressata.»

«Problemi?»

John Riley prese la tazza di caffè che Nora gli stava porgendo. «No. Ma mi chiedevo se tu sapessi qualcosa del ritorno a The Vineyard di Rowena Sanders. Potrebbe aver preso una casa in affitto. Magari te ne sei occupata tu o ne hai sentito parlare da qualche collega.»

«Aspetta, aspetta. E chi sarebbe questa Rowena Sanders?»

Dall'espressione di Nora comprese che se la piccola Rowena si era trovata una sistemazione a The Vineyard non era stata la sua agenzia ad aiutarla.

«Lascia stare. Un vecchio caso.»

Non aveva ancora finito di parlare che il suo sguardo cadde su uno dei book fotografici dell'agenzia e in una delle immagini riconobbe il cottage di Menemsha. «È qui che abitava quando era una bambina.»

Nora diede un'occhiata alla foto e versandosi del caffè gli spiegò: «Ho appena venduto quel cottage a una certa Kelly Scott.»

«Non mi sembra di conoscerla.»

Nora prese un foglio dalla pila di scartoffie che troneggiava sulla scrivania e glielo allungò. «La fotocopia del suo documento. Ma è un po' improbabile che tu l'abbia conosciuta. Fino a pochi giorni fa viveva a New York.»

John Riley rimase a lungo a fissare quell'immagine e quasi si commosse. «Ho incrociato questa ragazza ieri mattina al Chilmark Chocolates e... credo sia Rowena Sanders.»

«Ma dai documenti risulta che si chiama Kelly Scott.»

«Non mi stupirei se avesse deciso di cambiare nome con tutto il clamore che ci fu intorno all'omicidio della madre. I giornali l'avevano soprannominata *'la bambina in blu'*, per il vestito che indossava il giorno del funerale.»

«La madre di Kelly è stata assassinata?»

«Una trentina di anni fa. Proprio nel cottage di Menemsha. E Rowena era in casa quella notte. Forse la svegliò qualche rumore e quando scese in cucina trovò sua madre in un lago di sangue. Avrà avuto sì e no sette anni all'epoca.»

In pochi istanti Nora si spiegò l'aria fragile della ragazza e l'ombra di tristezza che ne segnava lo sguardo.

E comprese anche perché aveva avuto la sensazione che quella casa la respingesse.

Sospirò, turbata. «E così, se i tuoi sospetti sono giusti, Rowena Sanders sarebbe tornata nello stesso posto in cui sua madre è stata assassinata.»

«Già. E mi chiedo perché l'abbia fatto proprio ora.» John Riley rimase qualche altro secondo in silenzio prima di aggiungere preoccupato: «E, soprattutto, se sappia che l'uomo che l'ha uccisa è appena uscito di prigione per buona condotta.»

CAPITOLO QUINDICI

Kelly guardò la sua Mustang, che almeno nella carrozzeria sembrava tornata come nuova, e ringraziò Jim Adler per l'ottimo lavoro che aveva fatto in così poco tempo.

«Se non ci fossero i lividi sul viso a ricordarmelo, penserei che l'incidente di qualche giorno fa me lo sono solo sognato.»

Il proprietario dell'officina si schermì con un cenno della mano. «È stata raccomandata dalla signora Cooper. Non potevo non fare del mio meglio.» Poi aggiunse più serio: «Avrei voluto consegnargliela domani, ma alcuni pezzi di ricambio non arriveranno prima della prossima settimana.»

«Grazie di aver pensato all'auto di cortesia.»

«Sarebbe stato scomodo continuare a muoversi in taxi. Vado a prenderle le chiavi.»

Mentre Jim Adler si allontanava, Kelly si voltò verso Adam Beltz e si accorse che continuava ad osservarla con una strana espressione.

«Non ti avrei mai immaginato alla guida di una Mustang» disse infine.

L'aveva incrociato a Chilmark, quella mattina, e appena

aveva saputo che era in cerca di un taxi per andare a ritirare l'auto di cortesia dal meccanico, aveva insistito per accompagnarla.

«Non mi ci immaginavo neanch'io prima di comprarla. Un momento di pazzia.»

«Forse dovremmo parlare di questo aspetto della tua personalità una di queste sere. Magari a cena.»

No. Non poteva continuare a fissarla così. Non gli avrebbe dato la soddisfazione di accorgersi di quanto fosse sensibile alle sue attenzioni.

Senza contare che ora c'era Donald nella sua vita.

«Ti annoierei. A parte questa macchina, sono una donna molto prevedibile.»

Per fortuna Jim Adler tornò con le chiavi di una Hyundai nera posteggiata appena fuori l'officina.

«Per qualche giorno dovrà accontentarsi di questa.»

«Dopo solo diecimila chilometri la mia bellissima Mustang mi ha fatto schiantare contro un albero. Ho imparato a non fidarmi delle apparenze.»

Jim Adler non trattenne una smorfia.

«Proprio di questo volevo parlarle, signorina Scott. L'usura dei freni è piuttosto inspiegabile per una macchina di quel livello, che ha fatto così pochi chilometri.»

«Secondo me hai tutte le carte in mano per fare causa alla casa costruttrice» intervenne Adam.

Kelly scosse la testa con decisione.

«Non mi piace ammetterlo ma mi sono presa un bello spavento. E voglio solo dimenticare quello che è successo.»

Quando Kelly si allontanò con Adam, Jim Adler rimase a osservarli perplesso.

Forse avrebbe dovuto insistere di più sulla faccenda dei freni usurati, pensò. Dal suo punto di vista sarebbe stato più che opportuno andare a fondo di quella storia per capire cosa li avesse resi inservibili.

Di sicuro non poteva fare molto di più di quello che aveva già fatto, visto che Kelly Scott voleva solo dimenticare il brutto incidente che aveva rovinato il suo arrivo a The Vineyard.

CAPITOLO SEDICI

Addentrandosi a piedi nel bosco che circondava il Seth's Pond, più di una volta Nora temette di essersi smarrita. Le indicazioni che John Riley le aveva dato sull'itinerario da percorrere in macchina erano state piuttosto circostanziate: da Jordon Crossing alla Lake Avenue e poi lungo la New York Avenue e la Beach Road fino alla Lamberts Cove Road.

Ma le cose si erano fatte più complesse quando aveva dovuto lasciare l'auto e percorrere a piedi la strada sterrata che costeggiava il Seth's Pond, perché c'erano punti in cui il già precario sentiero veniva ingoiato dalla vegetazione ed era difficile comprendere quale fosse la direzione da seguire.

Per uno strano presentimento che non avrebbe saputo definire sentiva che doveva parlare con Jeff Mahler. E se ne era persuasa ancora di più dopo aver sognato la donna e la bambina dai capelli biondi.

Per questo, senza troppi *se* e troppi *ma*, era salita in macchina e si era diretta verso il Seth's Pond, sperando di non doversi pentire della sua decisione.

Stava arrancando in mezzo alla vegetazione incolta da una

ventina di minuti e già cominciava a pensare di aver sbagliato strada quando finalmente la scorse.

Una casa che aveva visto tempi migliori, con la vernice dei muri scrostata, le imposte divelte e un paio di vetri rotti. Eppure c'era un che di dignitoso in quella trascuratezza. Forse la pulizia che regnava ovunque o le attente cure che avevano dato vita a un originale giardino che era una gioia per gli occhi. Girasoli, rose selvatiche, viole, zinnie, nasturzi e lavanda si affiancavano in un creativo disordine che rendeva vivaci e imprevedibili le mescolanze dei colori.

Alla fine, arrivata a pochi passi dalla casa, Nora vide anche Jeff Mahler. Era impegnato a estirpare erbacce da un piccolo orto. E la premura con cui si dedicava a quell'occupazione la intenerì. Sapeva, per esserci passata, quanto fosse d'aiuto avere delle cose da fare quando tutto nella vita sembrava inutile.

Come avesse all'improvviso percepito la sua presenza, Jeff Mahler si voltò e le si fece incontro. «Sono contento di non averti spaventata troppo l'altro giorno. Vieni, accomodati.» Dopo essersi ripulito dalla terra, le allungò la mano per salutarla.

E lei che si era preoccupata di non avere una scusa per quella visita improvvisa.

«Ti va una tazza di caffè? L'ho appena preparato.»

«Con molto piacere.»

Accomodandosi su una delle poltroncine, per l'ennesima volta Nora si chiese perché mai avesse deciso di andare lì.

Cosa stava cercando? Cosa si aspettava di capire parlando con quell'uomo?

«Ecco qua il tuo caffè.»

Jeff Mahler le porse una tazza leggermente sbeccata e intercettando lo sguardo della sua ospite, commentò con un sorriso: «Mi dispiace. Non ho fatto in tempo a tirare fuori il servizio buono.»

«Il caffè è buonissimo. Credo che questo sia l'unica cosa che conti.»

Rimasero tutti e due in silenzio. Semplicemente godendo dei raggi del sole, del profumo dei fiori e dell'aroma del caffè.

«Mi spiace per l'altro giorno» disse poi Jeff Mahler. «Molti pensano che io sia un tipo piuttosto stravagante e che i miei lutti mi abbiano fatto perdere la bussola. Immagino che ti abbiano già raccontato...»

Nora confermò con un cenno del capo, a disagio per essersi appropriata di una parte così intima della vita di quell'uomo senza il suo permesso. Ma non era il momento di inventare bugie. «Mi hanno detto che diversi anni fa tua figlia e tua moglie sono morte in un incidente d'auto.»

«Nove anni, sei settimane e tre giorni. E non c'è un momento in cui non pensi ad Angela e alla mia piccola Emma.»

Nora si schiarì la voce per trovare il coraggio.

«La mia domanda potrà apparirti piuttosto strana, ma... tua moglie e tua figlia avevano i capelli biondi?»

«Le hai sognate, vero?»

Nora non poté che annuire.

Aveva lottato a lungo contro il suo *'dono'*, e ne era stata spaventata, ma ora lo accettava come accettava i suoi anni, i suoi capelli mossi che l'umidità rendeva ingestibili, la paura che aveva di andare in aereo e l'insofferenza per la stupidità.

«Le sogno spesso anch'io.»

Jeff Mahler piegò il capo e fissò la punta leggermente scucita delle sue scarpe. Quando rialzò lo sguardo fu per dirle: «Angela voleva che tu sapessi che il diavolo è tornato.»

«Il diavolo?»

«Speravo che almeno per te questo messaggio avesse un significato.»

«Non so chi o cosa sia questo diavolo. Mi dispiace.»

«Ma se anche tu senti le voci, almeno queste parole non ti sembreranno così assurde.»

Nora comprese che doveva qualche spiegazione in più a quell'uomo.

«Mio marito è morto un paio di anni fa e... dopo pochi mesi ha cominciato a mandarmi dei messaggi. All'inizio credevo che il dolore mi stesse facendo diventare pazza.» Mandò giù un altro sorso di caffè prima di continuare. «Non è stato facile accogliere quest'opportunità. Ma poi ho capito che grande regalo sia sapere che non tutto finisce da un momento all'altro, senza un perché. Che anche se il nostro involucro non è immortale, c'è qualcosa di meraviglioso, dentro di noi, che invece lo è. E che il nostro viaggio terreno è inserito in un disegno molto più vasto.»

«Molta gente qui pensa che io sia solo un pazzo.»

«Tua moglie e tua figlia mi sono apparse in sogno. So che è proprio qui che dovrei essere in questo momento, ma ancora non so perché.»

E poi, all'improvviso, una domanda si fece strada tra i suoi pensieri. Possibile che con le parole *"il diavolo è tornato"* la moglie di Jeff Mahler si riferisse alla recente scarcerazione dell'assassino della madre di Kelly? Un uomo che uccide una donna indifesa, mentre in casa c'è anche sua figlia, appena una bambina, era quanto di più vicino al diavolo potesse immaginare.

Ma decise di non parlarne per il momento. Bevve l'ultimo sorso di caffè e si alzò per salutare. «Questo è il mio numero di telefono, se hai bisogno di parlarmi.»

Jeff Mahler prese il suo bigliettino da visita e, in evidente disagio, la guardò dritto negli occhi prima di riuscire a dire: «Spero che tutto vada per il meglio, Nora. Non so neanch'io perché, ma ho la sensazione che qualcosa di molto brutto stia per accadere.»

CAPITOLO DICIASSETTE

Bene. Così finalmente potrò tornare alle mie sculture, pensò Kelly, soddisfatta, guardandosi intorno nella stanza che Meg le aveva consigliato di adibire a studio. La sistemazione era ancora provvisoria, ma per il momento poteva accontentarsi.

Era impaziente di finire la Wires, una lampada con la forma di un grosso gomitolo di rame in cui piccoli led si rincorrevano tra i fili, che aveva cominciato quando ancora viveva a New York.

Il suo materiale da lavoro era arrivato quel pomeriggio con il camion dei traslochi, insieme al resto delle cose che aveva finito di impacchettare nella sua vecchia casa solo un paio di settimane prima.

Aveva chiesto agli operai di sistemare gli scatoloni nel cottage, insieme ai pochi mobili che aveva deciso di portare via dal suo appartamento di New York.

Forse si erano sorpresi che lei non li avesse accompagnati, ma aveva ancora bisogno di tempo per affrontare quella parte così importante del suo passato e aveva tutta l'intenzione di concederselo.

Donald si era offerto di organizzare una *"open house"*, la settimana successiva, per vendere il resto dei mobili prima della consegna dell'appartamento ai nuovi inquilini, approvando la sua decisione di regalare all'Ospizio di Sant'Anna tutto quello di cui le suore della casa di riposo avrebbero dichiarato di aver bisogno.

Era incredibile quanto si fosse semplificata la sua vita da quando c'era Donald.

Donald si occupava dei suoi rapporti con la stampa, organizzava la sua agenda, sbrigava la corrispondenza, scadenzava i pagamenti. Ma si preoccupava anche di chiamare l'idraulico, di trovare un giardiniere nel giro di poche ore, o di risolvere qualsiasi altra emergenza rischiasse di turbare la sua giornata.

Lo aveva assunto solo pochi mesi prima e presto le era diventato così indispensabile che quando al termine di una cena di beneficenza si erano salutati davanti alla sua porta di casa con un bacio che non aveva nulla di fraterno né di amichevole, quasi non ne era rimasta sorpresa.

Come se quell'improvvisa intimità fosse l'inevitabile conclusione del modo in cui, in così poco tempo, lui era diventato parte essenziale della sua vita.

Durante quel bacio non aveva sentito suonare le campane. Ma non aveva più l'età per campane e batticuori, si era detta nei giorni successivi. Era abbastanza grande da poter accettare che l'amore non fosse fatto di principesse sognanti e di romantici principi.

Guardando i rocchetti dei fili di rame e le infinite varietà di pinze e tronchesi già ben sistemati nei cassetti, fu contenta di poter finalmente riprendere a lavorare dopo quei primi giorni di assoluto far niente in cui si era sentita poco più che una turista.

Le mancava l'essere così esausta, a fine giornata, da non riuscire nemmeno a pensare.

Quella specie di esaltazione che la spingeva ad aggrovigliare fili di rame facendole dimenticare qualsiasi altra cosa era stata la sua salvezza nei giorni in cui faticava persino a trovare un motivo per alzarsi dal letto.

Intrecciare quei fili era come assecondare un'energia che non sapeva da dove arrivasse e che qualche volta la tiranneggiava.

Erano quelle sculture a guidare le sue mani, non chiedendo che di venire alla luce.

Più di una volta si era sorpresa di come quei lavori somigliassero ai suoi pensieri e alle sue emozioni. Fili di rame avviluppati, contorti, implosi, che si rincorrevano senza un apparente inizio o una fine.

Negli ultimi trent'anni la sua vita non era stata molto più di quello.

Passando davanti alla finestra Kelly si soffermò sulla sagoma del cottage che, a pochi metri da lì, si stagliava candido nel blu della sera.

Aveva firmato l'atto di proprietà e pagato il prezzo che doveva, ma quella casa non era ancora sua, comprese.

Eppure tra quelle mura aveva trascorso anche tanti momenti felici quando era una bambina.

Ricordava il lungo corridoio sul quale si affacciavano le stanze da letto, la scala in legno che portava al secondo piano, la piccola serra che sua madre aveva creato nel retro della casa, la cucina con il piano di lavoro in granito e il lampadario di vimini...

I rumori l'avevano svegliata, quella notte, e aveva deciso di scendere al piano di sotto.

Fuori era buio, ma la luce della cucina era ancora accesa.

Mai avrebbe immaginato che il sangue avesse quel colore.

E quella cosa a terra... Sembrava una grande bambola rotta e poi aveva capito che si trattava di sua madre.

Aveva gli occhi aperti e lo sguardo fisso nel vuoto.
Mamma...
Non sapeva se aveva solo immaginato di chiamarla o se l'avesse fatto davvero.
Mamma...

L'improvviso squillo del cellulare le fece salire il cuore in gola.

Tornò bruscamente al presente e si ritrovò senza fiato.

Era bastato fermarsi a guardare il cottage, oltre il vetro, e i ricordi erano tornati ad aggredirla senza alcuna indulgenza.

Per anni la sua memoria era stata un luogo inaccessibile, protetto dalle sue paure.

Erano state necessarie sedute su sedute di analisi per ricomporre i frammenti di quel doloroso passato.

Non sarebbe stato più semplice continuare a non ricordare?

«Per uscire bisogna attraversare» le ripeteva spesso la dottoressa Lindberg. «Perché quello che non siamo in grado di affrontare ci fa comunque male, ma in modo più subdolo.»

Si asciugò una lacrima con il dorso della mano e si schiarì la voce prima di rispondere a Donald, il cui nome continuava a lampeggiare sul display del telefonino.

«Come stai, Kelly? Ho provato a chiamarti anche stamattina...»

«Sono andata dal meccanico e ho dimenticato il cellulare a casa. Non ho visto la chiamata.»

«Perché dal meccanico?»

Kelly si morse il labbro e un po' se la prese con la sua scarsa dimestichezza nel mentire.

Non gli aveva detto del suo incidente perché sapeva che Donald si sarebbe preoccupato e forse si sarebbe anche precipitato lì a vedere come stava. Ma per quanto le sue premure le facessero piacere, in quel momento aveva bisogno di metabolizzare da sola il suo ritorno a The Vineyard.

«La Mustang... aveva dei problemi con il cambio e ho pensato che fosse meglio lasciarla in officina per un controllo.»

«È ancora in garanzia. Vuoi che mi metta in contatto con il meccanico?»

«Credo di potercela fare, grazie.»

Si pentì subito di quella risposta sbrigativa, ma ormai non poteva cancellarla.

«Il camion dei traslochi è arrivato in orario?» le chiese Donald dopo un attimo di silenzio.

«Un paio di ore fa. E hanno già scaricato tutto nel cottage.»

«Appena puoi, controlla che non si sia rotto niente. C'è un'assicurazione che può rimborsarti di qualsiasi danno avvenuto durante il trasporto.»

«Lo farò domattina.»

«Allora... buona notte.»

Al momento dei saluti la voce di Donald si era fatta incerta.

Forse avrebbe voluto dirle di più, e anche lei avrebbe potuto aggiungere qualcosa di carino.

Ma ci saranno altre occasioni per fare meglio, si assolse dopo aver chiuso la conversazione telefonica.

In barba ai suoi sensi di colpa avrebbe lasciato che le cose seguissero il loro corso accettando che potesse volerci del tempo per gestire con naturalezza la loro nuova intimità.

Con l'occasione si perdonò anche di non avergli detto che per il momento non aveva nessuna intenzione di entrare nel cottage per sistemare gli scatoloni che gli operai avevano portato quel pomeriggio. Donald era sempre così protettivo con lei che se avesse saputo in che diavolo di situazione si era andata a cacciare trasferendosi a The Vineyard, avrebbe fatto il possibile per convincerla a tornare a New York.

Per quanto si sentisse colpevole per non essere stata sincera, sapeva che non era ancora arrivato il momento di metterlo a conoscenza del suo ingombrante passato.

Non gli aveva detto niente dell'omicidio né di quanto fosse stato difficile rimettere insieme i cocci di quella bambina che aveva vegliato sua madre ormai morta.

Forse però quei cocci non si erano mai saldati se dopo tanti anni continuava a sentirsi come si era sentita un attimo prima che Donald le telefonasse...

Andò in cucina a versarsi una tazza di caffè e tornò alla finestra per guardare dalla parte del mare, questa volta.

La luce della luna rendeva magico quel paesaggio e lo spumeggiare della risacca sarebbe stata la perfetta colonna sonora delle sue serate estive, si rincuorò.

Poi la sua attenzione fu catturata dalla fiammella che si accese nel buio davanti al cancello del cottage.

Qualcuno si stava accendendo una sigaretta. Ma cosa ci faceva quel qualcuno lì, a quell'ora, in una strada che non era di passaggio?

Kelly rimase a guardare curiosa, e quando la fiammella illuminò per un istante il viso dell'uomo che aveva in mano l'accendino, le sue gambe vacillarono.

Non era possibile. Erano passati tanti anni ma non avrebbe mai potuto dimenticare quello sguardo.

Spaventata, si precipitò a chiudere a doppia mandata la porta della dependance e a controllare che le finestre fossero ben chiuse.

Decise anche di spegnere tutte le luci perché dall'esterno lui non potesse vederla.

Impiegò qualche minuto prima di trovare il coraggio di

guardare di nuovo in strada, ma quando lo fece si rese conto che non c'era nessuno.

Era davvero Ralph Bennet il tipo che aveva visto davanti al suo cancello?

Quell'uomo è in prigione e ce l'ho mandato io. L'unica cosa che ho potuto fare per mia madre.

Quell'uomo è in prigione e non può essere qui per fare del male anche a me, recitò come un mantra.

Forse era stata un'illusa a credere che anni di analisi sarebbero stati un buon paracadute per il suo ritorno su quell'isola.

Dopo essere rimasta a lungo al buio a fissare piena di apprensione la strada deserta, comprese che non sarebbe potuta rimanere lì tutta la notte.

Raggiunse il computer e digitò il nome di Ralph Bennet.

Per non torturarsi con i vecchi articoli che raccontavano del suo arresto e dell'omicidio di sua madre, si soffermò solo sulle notizie più recenti e scoprì che appena pochi giorni prima Bennet era stato rimesso in libertà per buona condotta.

Allora l'uomo che poco prima aveva visto in strada, davanti al cottage, poteva davvero essere lui.

Ma perché era a The Vineyard e come faceva a sapere che anche lei era tornata?

Conosceva la sua nuova identità e voleva vendicarsi della bambina che lo aveva mandato in prigione?

Travolta dalla paura, Kelly tornò a controllare porte e finestre, come se non lo avesse già fatto solo pochi minuti prima. Poi si rannicchiò in un angolo del divano, in lacrime.

Forse l'assassino di sua madre era davvero andato via e per quella notte non l'avrebbe tormentata ancora con la sua presenza.

Pensiero che non riuscì a farla sentire meglio. Perché se Ralph Bennet era a The Vineyard per vendicarsi di lei, prima o poi avrebbe trovato il modo di mettere in atto il suo proposito.

CAPITOLO DICIOTTO

L'ALLEGRA AIUOLA DI PRIMULE, ANEMONI E VIOLETTE sarebbe stata il suo orgoglio per l'intera estate, considerò Nora osservando soddisfatta il lavoro appena concluso.

Il colpo d'occhio sul giardino del cottage di Tashmoo in primavera era da mozzare il fiato.

Gruppi di crochi tingevano di lilla le bordure del vialetto. In un angolo, un tappeto di gerbere di diverso colore facevano a gara per farsi notare. Gli iris erano già in fiore e bulbi di tulipani, ai suoi piedi, non aspettavano che di essere piantati davanti alla finestra della cucina.

Si era svegliata presto, quella mattina, per mettere a dimora i nuovi fiori, prima di andare in agenzia.

Prendersi cura del giardino dopo l'incuria dei giorni più freddi era un piacere per gli occhi e per lo spirito.

Estirpare le erbacce, potare, piantare e seminare, pulire il terreno dalle foglie secche, zappettare, travasare.

E come per incanto anche ciò che sembrava morto tornava a germogliare.

Le piaceva pensare che non ci fosse metafora migliore della vita.

Perché un giardino continui ad esistere c'è bisogno che i rami secchi vengano tagliati, che l'acqua plachi l'arsura, che qualcuno si preoccupi dei semi che, protetti, porteranno nuovi fiori.

Amava il modo in cui a primavera il giardino si riempiva di nuovi germogli. E le veniva una gran voglia di fare e di sperimentare. Niente che fosse troppo perfetto o prevedibile. Era una giardiniera autodidatta troppo entusiasta per accontentarsi.

Sistemò anche i tulipani nei vasi che aveva già preparato e controllò l'orologio. Erano ormai le dieci passate e il caldo cominciava a farsi sentire.

Decise che per quel giorno sarebbe stato abbastanza.

Si sarebbe goduta lo spettacolo del suo giardino in fiore davanti a un tazza di caffè e poi avrebbe raggiunto Judith in agenzia.

Aveva appena finito di mettere a posto i suoi attrezzi quando il suono del campanello richiamò la sua attenzione.

Scorse Kelly ferma davanti al cancello e con un gesto la invitò ad entrare.

Indossava dei jeans scoloriti e una semplice t-shirt. E aveva un paio di occhiali scuri che le nascondevano lo sguardo.

«Spero di non disturbare» le disse non appena la raggiunse.

«Stavo andando a fare il caffè. Sarà un piacere berlo in compagnia.»

Pochi minuti dopo si accomodarono sul divanetto di vimini in giardino. Nora portò in tavola anche la crostata di pere e cioccolata che aveva preparato quella mattina presto.

«Vedo che i lividi piano piano stanno scomparendo.»

Kelly abbozzò un sorriso tirato. «Almeno non dovrò più nasconderli con il trucco.»

Solo quando si tolse gli occhiali, Nora si accorse delle profonde occhiaie che le segnavano lo sguardo. E in quel momento si rese anche conto che quella non doveva essere una visita di pura cortesia.

«Una brutta nottata?»

Kelly smise di tormentarsi le mani e bevve un lungo sorso di caffè. «Sento ancora la testa ovattata per il Roipnol.»

Aveva preso un sonnifero per dormire. Allora non si era sbagliata nel pensare che qualcosa l'aveva portata fin lì.

Ma comprese che doveva rispettare i suoi tempi e rimase a osservarla in silenzio mentre assaggiava la torta che aveva portato in tavola.

«È buonissima» si complimentò Kelly dopo averne gustato un paio di bocconi. «Ti chiederei la ricetta se non fossi così poco portata per la cucina. Le uova al bacon sono il massimo della mia creatività dietro i fornelli.»

«Sono stata qualche mese in Italia, quando ero più giovane. E ho imparato quasi tutto lì. Di giorno visitavo la Cappella Sistina e la sera preparavo le fettuccine fatte in casa.»

«Quando vuoi invitarmi, sono pronta.»

Lo sguardo di Kelly, però, diceva qualcosa di diverso da quella finta allegria.

Nora decise che sarebbe stata la prima a vuotare il sacco e che questo forse avrebbe incoraggiato anche lei a confidarle quello che le premeva.

«Non sapevo come dirtelo ma... Ieri ho parlato di te con un caro amico, John Riley. Crede di averti visto al Chilmark Chocolates e si chiedeva se tu fossi la persona che ha conosciuto tanti anni fa.»

Lo stupore si dipinse sul volto di Kelly.

«John Riley! Mio Dio, è passato così tanto tempo...» Poi, realizzando tutte le implicazioni di quella conversazione, aggiunse: «Immagino che ti abbia detto.»

Nora annuì in silenzio e si alzò per riempire di nuovo le

loro tazze, convinta che questo avrebbe dato a Kelly il tempo di non farsi sopraffare dalle emozioni.

«Ho deciso di cambiare nome appena sono diventata maggiorenne» le confessò dopo aver bevuto un lungo sorso di caffè. «Non volevo che sentendolo prima o poi qualcuno potesse chiedermi: *Rowena Sanders... Non sei per caso la bambina dell'omicidio di Menemsha?*»

«Posso capire.»

Ci volle qualche altro attimo di silenzio perché Kelly aggiungesse: «Sono contenta che John Riley sappia che sono a The Vineyard. Ero venuta da te per questo, ma credo di aver bisogno anche del suo aiuto.» Si schiarì la voce come per ricacciare indietro il nodo che le si era formato in gola. «L'assassino di mia madre era davanti casa mia, ieri sera. Ero così spaventata... Ho dovuto prendere una pasticca di Roipnol per riuscire a fare almeno qualche ora di sonno.»

Il diavolo è tornato.

Le parole di Jeff Mahler si riaffacciarono tra i pensieri di Nora.

«So che è stato scarcerato... ma sei sicura che fosse lui?»

Kelly annuì con un movimento lento del capo. «Quell'uomo ce l'ha con me perché ho testimoniato contro di lui.»

Nora le strinse le mani tra le sue per cercare di infonderle un po' di coraggio.

«Devi parlarne con John. Anche se è in pensione, è sempre un ottimo investigatore. È molto legato a te e sono sicura che farà il possibile per aiutarti.»

Continuando a osservarla, Nora riconobbe la paura nel modo in cui Kelly continuava a tormentarsi le mani.

Ma poteva capirla.

Non doveva essere facile sapere che l'assassino di sua madre era di nuovo in circolazione, mentre tutto faceva pensare che fosse tornato per vendicarsi di lei.

CAPITOLO DICIANNOVE

E COSÌ LA PICCOLA ROWENA È DIVENTATA UNA DONNA, si disse rientrando nel modesto appartamento appena fuori West Tisbury che aveva deciso di prendere in affitto e che gli dava la nausea con il suo mobilio logoro e l'odore di pollo fritto di cui erano impregnati i muri.

Ma non c'era stato granché da scegliere visto che la cosa che più gli premeva era quella di non dare nell'occhio.

Aveva pagato due mesi di affitto anticipato per quella topaia e la padrona di casa quasi non credeva ai suoi occhi quando le aveva messo in mano quei soldi.

Come sperava, se n'era fregata di tante formalità. L'unico interrogativo che doveva essersi posta era come spendere quel denaro che le era piovuto dal cielo. Di sicuro ci sarebbe scappata qualche bevuta in più.

Quella donna viveva in ciabatte e bigodini e aveva l'alito che puzzava d'alcool fin dalle prime ore del mattino.

Dal suo punto di vista, anche questo deponeva a favore del fatto che a parte i soldi che poteva mettere in tasca, del resto non le fregasse poi molto.

Spalancò le finestre per cercare di mandare via quell'insopportabile odore di pollo fritto e si augurò di potersene andare via da lì il prima possibile.

Dopo tutti quegli anni la piccola Rowena era sbocciata come un fiore, ma aveva ancora l'aria "perfettina" che aveva sempre detestato.

Quella ragazza aveva preso molto da sua madre. La bellezza, l'innata eleganza e quel superiore distacco che anche Alma possedeva. Un mix di mistero e di alterigia capace di intimidire qualsiasi uomo.

Ora si faceva chiamare Kelly Scott. Ma chi non avrebbe cambiato nome con un passato ingombrante come il suo?

Non gli piaceva per niente quella storia che avesse deciso di tornare a The Vineyard.

E se avesse ricordato quello che non doveva?

Per quanto se lo fosse chiesto più volte negli ultimi giorni, davvero non capiva perché dopo tanto tempo avesse ricomprato il cottage di Menemsha. Mai avrebbe immaginato che una persona tanto fragile potesse voler tornare nella casa in cui sua madre era stata assassinata.

Se la piccola Rowena stava cercando guai, li avrebbe trovati, concluse aprendo il mobile bar che aveva rifornito di tutto punto appena arrivato.

Forse era un po' presto per cominciare a bere, ma aveva bisogno di qualcosa di forte che gli facesse dimenticare il posto orribile in cui era costretto a vivere.

C'era voluto del tempo per riuscire a convincersi che quella parte del suo passato fosse morta e sepolta. Ma sapere che la piccola Rowena aveva deciso di tornare a The Vineyard aveva rimesso tutte le carte in tavola. Proprio nel momento sbagliato.

Il pensiero che la figlia di Alma potesse ricordare qualcosa non lo aveva fatto dormire per diverse notti.

Così, appena possibile, era tornato anche lui a The Vineyard.

Per quanto non gli facesse piacere, ora sapeva che doveva liberarsi di lei.

Aveva già fallito manomettendo i freni della sua macchina, ma forse era stato un bene.

Nessuno doveva sospettare che la sua morte non fosse accidentale. Non voleva correre il rischio che qualcuno si mettesse a scavare nel passato scoprendo quello che non doveva.

Per quanto non vedesse l'ora di andare via da lì, l'unica cosa che poteva fare era continuare a tenerla d'occhio per trovare il modo e il momento giusto per togliere di mezzo anche lei, concluse bevendo in un sorso il whisky che si era appena versato.

CAPITOLO VENTI

«Andiamo, ragazzi. La mamma ci ha chiesto un favore e noi glielo dobbiamo fare.»

Percorrendo a piedi il vialetto che si inerpicava verso il cottage di Menemsha, con un profondo sospiro Nora si disse che doveva esserci qualcuno, in un luogo remoto dell'universo, che si divertiva a rimescolare le carte delle diverse esistenze e che in quel momento aveva deciso di metterla alla prova.

«Ma avevi detto che ci portavi a prendere un gelato all'Eileen's» si lamentò Charlene. «E io ho dato appuntamento anche alle mie amiche.»

«Sì. Vogliamo il nostro gelato» le fece eco il piccolo Jason.

Come avrebbe potuto spiegare ai suoi nipoti che anche lei avrebbe fatto qualsiasi altra cosa pur di non essere lì?

Ma solo pochi minuti prima Meg l'aveva chiamata per chiederle di controllare la nuovissima caldaia che gli operai avevano appena finito di montare.

Aveva dovuto andarsene a metà del lavoro, perché non si era sentita bene, e Kelly quella mattina non era a casa.

Voleva solo essere sicura che gli idraulici avessero fatto le cose al meglio e che l'acqua calda funzionasse a dovere prima di staccare l'assegno con il quale li avrebbe pagati.

Per quanto la prospettiva non la entusiasmasse, avrebbe fatto quello che doveva nel più breve tempo possibile. Poi si sarebbe concessa un bel gelato in compagnia dei suoi nipotini prima di riaccompagnarli a casa, si esortò Nora cercando le chiavi sotto il vaso di tulipani dove sua figlia le aveva lasciate per lei.

«Ci vorranno solo cinque minuti, ragazzi. Avete già deciso che gusti scegliere?»

Sapeva per esperienza diretta quanto fosse più efficace cercare di distrarli che combattere ad armi pari con loro.

«Io voglio il 'cioccolato peccaminoso'.»

Nora guardò divertita la nipote di appena dieci anni. «Charlene... Non sarà un po' presto alla tua età?»

«Devi provarlo, nonna. È di una bontà...»

«E io voglio il gusto dei puffi.»

«Per me il croccantino al rhum.»

«Vanno bene i puffi e bene il croccantino, ma niente rhum» precisò Nora.

Si soffermò sulla soglia per dare un'ultima occhiata all'esterno della casa e al giardino.

Era un posto davvero magnifico in cui abitare. Eppure...

Ma in quel momento non aveva nessuna intenzione di indagare su quell' "eppure".

Ok. Togliamoci il dente, si disse decidendosi infine ad aprire la porta e a entrare.

«Che bella casa!» esclamò Alex.

«Ma non ci abita ancora nessuno» gli fece eco Charlene.

A parte gli scatoloni del trasloco, ancora imballati in un angolo del salone, tutto sembrava uguale a come lo avevano lasciato gli operai di Meg.

E Nora ebbe nitido il sospetto che Kelly non avesse mai messo piede nel cottage dopo il suo arrivo a The Vineyard.

Era chiaro che quel trasferimento non era poi così indolore per lei.

Attraversando il salone, respirò l'odore acuto di vernice e di mobili appena comprati che tutte le case nuove hanno. E le venne da pensare che quelle stanze erano ancora stanze di nessuno.

«La proprietaria verrà a starci non appena sarà tutto pronto» rispose ai suoi nipoti senza troppa convinzione.

Perché quella casa cominciasse a vivere sarebbero serviti il gorgogliare del caffè la mattina, il profumo dei pranzi domenicali, il rumore di passi sul parquet, le voci chiassose di ospiti e amici.

Quella casa aveva bisogno di qualcuno che la abitasse. E forse anche il brivido di freddo che sentiva ogni volta che ci entrava sarebbe scomparso.

Decisa ad accelerare il tempo della sua visita, Nora entrò nel primo dei bagni al piano terra e aprì tutti i rubinetti. Aspettò che l'acqua si fosse riscaldata e li lasciò aperti per verificare che la caldaia continuasse a funzionare.

«Ragazzi, perché non mi date una mano anche con gli altri? Poi passo io a controllarli.»

«Questo si chiama 'sfruttamento di minori', nonna» enunciò serio il piccolo Jason.

Ormai aveva quasi cinque anni. E il suo imminente passaggio alla 'scuola dei grandi' lo faceva propendere per atteggiamenti compassati e adulti che la riempivano di tenerezza.

«Se al gelato aggiungo anche un giro alle giostre forse non si tratterà più di 'sfruttamento'...»

Dandole 'il cinque' Jason espresse una decisa approvazione

alla sua proposta. Poi seguì al piano di sopra Alex e Charlene. Nora ne sentì l'intenso scalpicciare sulle scale di legno.

Passò quindi in rassegna i rubinetti uno ad uno e dopo aver constatato che tutto funzionava alla perfezione, telefonò a Meg per tranquillizzarla sul buon esito del suo sopralluogo e per chiederle come si sentisse.

«Credo si sia trattato solo di un abbassamento di pressione» la rassicurò sua figlia. «Fosse stato per me, avrei bevuto un bicchiere di acqua e zucchero e sarei tornata a lavorare. Ma sai com'è apprensivo Mike. È tornato a casa e ora si sta prendendo cura di me.»

«Ascolta le parole di chi ha qualche anno in più: approfittane finché puoi. Con il tempo le cose cambiano.»

Immaginò il sorriso di Meg all'altro capo del filo.

«Lo sto già facendo. Come stanno i ragazzi?»

«Già pronti per essere ripagati per questo lavoretto extra con una doppia dose di gelato.»

«Abbiamo fatto tutto, nonna. Siamo pronti.»

Charlene era già sulla porta, seguita a ruota dai suoi fratelli.

«Ecco. Li senti? Vado a pagare il mio debito, ci sentiamo più tardi.»

Dopo aver salutato sua figlia, Nora invitò i suoi impazienti nipoti ad aspettarla in giardino. Avrebbe chiuso e li avrebbe raggiunti subito.

Era già sulla porta con le chiavi in mano quando si ricordò di non aver chiuso l'acqua nel bagno che si trovava al piano terra.

«Che sciocca...» si apostrofò.

Non voleva neanche pensare ai danni che avrebbe potuto provocare se non se ne fosse ricordata in tempo.

Si diresse spedita verso il rubinetto della vasca, ma forse le sue mani erano sudate, o non aveva abbastanza forza nella presa: la manopola faceva resistenza e non riusciva a chiuderla.

«Adesso non ti ci mettere anche tu a fare i dispetti.»

Riprovò ancora ma quella non si mosse di un millimetro.

Eppure non aveva avuto nessuna difficoltà ad aprirla.

Passò agli altri rubinetti dello stesso bagno. Sembravano bloccati anche quelli.

E intanto l'acqua bollente continuava a scorrere a fiumi.

Provò e riprovò, sempre più nervosa, fino a che le mani non cominciarono a farsi dolenti per lo sforzo.

«Nonnaaaaa...»

La voce di Charlene che la chiamava la fece sobbalzare. Era evidente che aveva i nervi un po' tesi.

Si affacciò in corridoio perché la udissero dal giardino.

«Due minuti, ragazzi. Controllo solo un'ultima cosa e arrivo.»

Non voleva disturbare Meg, né tantomeno Kelly, ma certo non poteva andarsene senza aver risolto il problema.

Forse era solo una sua impressione, ma rientrando nel bagno le sembrò persino che il getto dell'acqua fosse aumentato.

Faceva sempre più caldo e l'aria era satura di vapore.

Non aveva senso continuare a insistere. Avrebbe provato un'ultima volta e poi avrebbe chiesto a Meg il numero di telefono dell'idraulico perché andasse ad aiutarla.

Non importava la brutta figura che avrebbe fatto.

Proprio quando era sul punto di desistere, una semplice stretta e una leggera rotazione bastarono a chiudere il rubinetto della vasca. E la stessa cosa accadde anche con gli altri.

All'improvviso avevano tutti ripreso a funzionare perfettamente.

Era sorpresa, ma aveva così voglia di andare via che decise che non si sarebbe fatta domande.

Per fortuna si era tutto risolto e per lei non c'era più altro da fare lì.

Avrebbe raggiunto i suoi nipoti e avrebbe mangiato il gelato con loro come avevano programmato.

Poi però alzò lo sguardo sullo specchio sopra il lavandino e comprese. Perché sulla superficie appannata dal vapore era apparsa una scritta incerta e sbilenca.

ROWENA

Rimase lì, a fissare quella parola, mentre il vapore piano piano si dissolveva e le gocce di condensa si scioglievano come lacrime.

Chiuse gli occhi e le sembrò di riprendere a respirare solo in quell'istante.

Qualcuno voleva che lei leggesse quel nome. E non era il momento di chiedersi perché.

I suoi nipotini la aspettavano in giardino e non poteva mostrare loro il suo turbamento.

Diede un'ultima occhiata allo specchio, inspirò ed espirò a fondo, poi si decise finalmente a raggiungerli.

CAPITOLO VENTUNO

La sala da tè di Donna Lee aveva l'atmosfera accogliente e familiare che Nora le aveva descritto con dovizia di particolari, consigliandole quel locale anche per il fantastico cheesecake ai mirtilli che la proprietaria preparava per i suoi clienti. Ma sedendosi su una delle poltroncine con i cuscini a quadretti color pervinca, Kelly si rese conto di non essere ancora riuscita a liberarsi dall'agitazione che le aveva fatto compagnia per tutto il percorso che da casa l'aveva condotta fino a lì.

Incontrare di nuovo John Riley. Dopo trent'anni.

Quando si erano incontrati la prima volta era solo una bambina. Una bambina devastata da un enorme dolore.

Dopo suo padre, il detective Riley era stata la persona che più le era stata vicina in quei momenti difficili. E questo non lo avrebbe mai dimenticato.

«Le posso portare qualcosa da bere?»

All'arrivo della cameriera si accorse di avere il respiro corto.

«Se non è un problema, preferirei ordinare tra un po'. Sto aspettando qualcuno.»

«Nessun problema. Mi chiami se ha bisogno.»

Guardando oltre la finestra della sala da tè, si concentrò sul movimento delle barche in arrivo e in partenza. Sua madre la portava spesso nel porto di Vineyard Haven, quando era bambina. Armate di tele e pennelli, si sistemavano in un angolo della banchina a ritrarre la marina. A dire il vero, i suoi erano poco più che scarabocchi, ma le pennellate dense di colore con cui sua madre ritraeva il mare in tempesta, e il modo in cui riproduceva la luce che si rifletteva tra le onde riuscivano sempre a incantarla.

«Rowena...»

Kelly riconobbe subito quella voce.

Alzando gli occhi sull'uomo in piedi accanto a lei fu appena sorpresa dai capelli bianchi e dalle nuove rughe che gli segnavano il viso. Perché nel suo sguardo ritrovò subito l'affetto che l'aveva tanto riscaldata nei giorni più tristi della sua vita.

«...O forse dovrei chiamarti Kelly.»

Si alzò, indecisa se dargli la mano o abbracciarlo. «Detective Riley...»

Era proprio così che lo chiamava anche quando era una bambina.

Lui strinse la mano che gli stava porgendo tra le sue. «Non sai quanto ho pensato a te in questi anni.»

La commozione aleggiava nell'aria e per un po' non seppero far altro che guardarsi negli occhi e rimanere in silenzio.

«Ma vieni, sediamoci.» John Riley si schiarì la voce. «Guardati. Sei diventata una donna. Una bellissima donna.»

«Così mi mette in imbarazzo, detective.»

«Sto dicendo solo la verità. Ma smettila di darmi del lei, mi fai sentire vecchio. Ricordati che ti ho tenuta sulle ginocchia quando ancora portavi il grembiule di scuola.»

«Già. E ricordo di averti dato del filo da torcere.»

«Avevi tutti i motivi per essere arrabbiata con il mondo.» John Riley cercò la cameriera con lo sguardo. «Cosa vogliamo ordinare?»

«Per me del tè verde e una porzione di cheesecake. Nora mi ha detto che qui lo fanno speciale.»

La ragazza che serviva ai tavoli li raggiunse.

«Due porzioni di cheesecake ai mirtilli. Un tè verde e un bel caffè scuro per me.»

Poi, quando la cameriera si allontanò, John Riley si decise ad affrontare l'argomento che più premeva a tutti e due.

«Nora mi ha detto che ti è sembrato di vedere Ralph Bennet fuori dal tuo giardino.»

«Era davvero lui, John. Ho letto che è stato scarcerato pochi giorni fa.»

John Riley annuì, serio. «È arrivato a The Vineyard l'altro ieri. Non so perché sia venuto. La moglie e i figli si sono trasferiti in Oregon da alcuni parenti più di vent'anni fa. Non ha più nessuno qui.»

Kelly abbassò lo sguardo e impiegò qualche secondo prima di rispondere: «Magari è tornato per vendicarsi. Senza la mia deposizione non sarebbe finito in prigione. Se non avessi riconosciuto il suo furgone, quella notte, forse se la sarebbe cavata.»

Osservandola mentre sorseggiava il tè che la cameriera le aveva portato, John Riley si rese conto che le sue mani stavano tremando. Si avvicinò per stringergliele.

«Quando ti abbiamo trovato, quella notte, eri rannicchiata in un angolo... e non riuscivamo a portarti via da là. Mi sono seduto accanto a te senza dire niente e tu sei rimasta immobile per quasi un'ora. Poi sei crollata. Ti sei lasciata andare tra le mie braccia e ho sentito che ti affidavi a me. Sei rimasta a casa mia fino al giorno dopo, quando tuo padre è venuto a prenderti. Eri così sconvolta quella notte, che mi sono ripromesso che da quel momento avrei fatto il possibile per proteggerti.» Fece un profondo sospiro. «Ho ancora qualche amico nella polizia. Dirò ai miei colleghi di tenere d'occhio Bennet. E lo farò anch'io. Vivo da solo ora che mia moglie non c'è più e non puoi immaginare quanto tempo libero abbia da quando sono in pensione. Non permetterò a quell'uomo di rovinarti la vita una seconda volta. Devi stare tranquilla... Kelly.»

«Scusami ma faccio ancora fatica a chiamarti così» si giustificò.

Kelly gli sorrise e per un attimo John Riley scorse la ragazza serena che la piccola Rowena sarebbe potuta diventare se qualcuno non le avesse assassinato la madre quando aveva solo sette anni, costringendola a vegliare il suo corpo straziato e agonizzante.

«Avevo bisogno di dare un taglio al passato e di ricostruirmi una nuova vita. Per questo ho cambiato nome.»

Decisione che davvero non le era servita a molto visto come si stavano mettendo le cose, non poté fare a meno di pensare John Riley mentre in silenzio cominciavano a mangiare il dolce che avevano ordinato. Perché, anche se non voleva spaventarla più di quanto già non fosse, la presenza di Ralph Bennet sull'isola non gli faceva presagire nulla di buono.

CAPITOLO VENTIDUE

Per tutto il tempo in cui era rimasta con i suoi nipoti aveva cercato di godere della loro presenza e di non far trapelare il suo sconcerto. Avevano mangiato insieme un ottimo gelato e fatto anche un giro alle giostre. Poi li aveva accompagnati al campo di pallacanestro, dove Meg sarebbe andata a riprenderli alla fine della loro lezione.

Quando si ritrovò da sola, Nora comprese fino in fondo quanto le fosse costata quella finta allegria, perché ancora non riusciva a togliersi dalla testa quella piccola parola scritta sullo specchio del cottage di Menemsha.

Rowena...

Allora non si era sbagliata nel percepire qualcosa di sospeso tra quelle mura.

Questo avrebbe spiegato il freddo e il suo disagio.

Qualcuno voleva che lei leggesse quel nome sullo specchio e per quanto difficile fosse da accettare, quel qualcuno poteva essere Alma Sanders, considerò Nora con un sospiro aprendo la porta di casa.

Ma se si fosse trattata davvero di lei, cosa voleva che facesse per sua figlia?

La verità era che a quel punto delle cose era abbastanza difficile saperlo.

Tutto quello che le veniva in mente era lo sguardo spaventato di Kelly e la sua paura che l'assassino di sua madre fosse tornato a The Vineyard per vendicarsi di lei.

Era quella la preoccupazione di Alma Sanders?

O le lettere tracciate sullo specchio non erano che il segno di un tormento che la fragilità di Kelly bastava a giustificare?

Per il momento continuava a sentirsi come se qualcuno per dispetto si fosse divertito a sparpagliare in giro le tessere del complesso puzzle che lei si affannava a ricostruire.

Entrando in salone, Nora venne avvolta dal profumo che proveniva dalla cucina e si ricordò che quella mattina Rudra aveva promesso di prepararle supplì e arancini per il pranzo veloce che la aspettava prima di tornare al lavoro.

Ormai eseguiva alla perfezione le ricette che gli aveva insegnato dopo averle imparate in Italia quando era solo una ragazza.

Avrebbe consumato quel pasto semplice in veranda, insieme a un bicchiere di birra gelata, decise. Poi dopo un caffè preparato con la moka, come piaceva a lei, si sarebbe dedicata agli appuntamenti del pomeriggio.

Per fortuna anche John Riley stava facendo il possibile per aiutare Kelly, si rassicurò. Le aveva già detto che avrebbe preso informazioni sugli ultimi spostamenti di Ralph Bennet e, se ce ne fosse stato bisogno, avrebbe chiesto ai suoi colleghi di tenerlo d'occhio.

Certo era strano che quell'uomo, dopo trent'anni di prigione, invece di ringraziare il cielo per lo sconto di pena ottenuto, fosse tornato proprio a The Vineyard, davanti alla casa della donna che aveva assassinato, con l'altissima probabilità di richiamare su di sé l'attenzione della polizia.

Dopo aver controllato velocemente la posta, Nora

raggiunse la cucina, mise supplì e arancini ancora caldi in un piatto e tirò fuori la birra dal frigo.

Si prese il suo tempo per consumare quel semplice pasto in giardino e per godere del tepore della primavera ormai inoltrata. Interruppe quel suo momento di pausa solo per rispondere a una telefonata di Judith, che voleva ragguagli su alcune informazioni da inserire sul sito web dell'agenzia.

Mezz'ora più tardi, dopo aver finito il suo pranzo solitario, mise piatto e bicchiere nella lavastoviglie, riempì di croccantini la ciotola di Dante, il suo gattone fulvo, e decise di rinfrescarsi con una doccia prima di dedicarsi alle attività pomeridiane.

Non aveva risposte ai tanti dubbi che le ronzavano nella testa, ma per il momento poteva accettarlo.

Appena in agenzia avrebbe preparato il materiale pubblicitario per il cottage di Edgartown di cui le avevano affidato la vendita e scelto le foto migliori per la scheda informativa della proprietà, si ripromise salendo le scale che portavano al piano di sopra.

Le fu però chiaro, appena entrata in camera da letto, che per un po' non sarebbe riuscita a concentrarsi sul cottage di Edgartown, né su qualsiasi altra cosa che riguardasse il lavoro o le necessità spicciole della sua vita quotidiana. Perché le lettere del gioco dello Scarabeo, che sempre teneva sul settimino, e che quella mattina aveva lasciato in ordine al loro posto, ora erano sparse sul ripiano del mobile.

E lei sapeva cosa significava.

Anche se non era la sua 'prima volta', per qualche istante non riuscì a far altro che rimanersene lì, sulla porta. Come se fosse ancora possibile decidere, o scegliere.

Ma non c'era niente da decidere, o da scegliere. Non più.

Il filo sottile che continuava a tenerla legata a suo marito, anche se lui se n'era andato, era la prova che la vita era qualcosa di diverso da quello che lei stessa per tanto tempo aveva immaginato.

Non solo quello che tocchiamo o vediamo, e che ci illudiamo di poter controllare. Non la semplice materia. Non le nostre certezze, o la logica più inoppugnabile.

Sapeva che Joe non le avrebbe scritto quelle parole se non ci fosse stato un pericolo, da qualche parte, per cui lei avrebbe potuto fare qualcosa.

Tenerla legata al passato della loro vita insieme – quando quella vita insieme non poteva più essere – non era il suo scopo.

Nora fece un respiro profondo e si avvicinò a piccoli passi fino a che non riuscì a mettere a fuoco le parole che le lettere dello Scarabeo avevano formato.

È TORNATO... IL MALE...

Per quanto fosse già successo, sentì la testa farsi leggera e si lasciò scivolare sul letto.

È tornato... il male...

Ripensò alle immagini dei rilievi della cattedrale di *St John The Divine* a New York, dove suo padre la portava ogni domenica quando era appena una bambina.

L'uomo con un solo occhio, i teschi, le mummie, i cavalieri dell'Apocalisse. Volti distorti dalla sofferenza e dalla paura.

Anche se era intimorita da quelle figure così terrificanti, lui la trascinava all'interno per assistere alla funzione, incurante della sua riluttanza.

Era così che durante la sua infanzia aveva immaginato il male. Come i simboli ritratti nei bassorilievi della cattedrale di St John The Divine.

Non poté non ripensare alle parole di Jeff Mahler.

Il messaggio della moglie parlava del diavolo, ma non le

sembrava ci fosse poi tanta differenza.

Possibile che le parole di Joe facessero riferimento alla stessa cosa?

Per quanto assurdi quei ragionamenti potessero apparire, il suo compito era cercare un senso a cose che facevano a pugni con la logica.

Ma la logica non era tra le sue priorità da un bel po' di tempo, rammentò Nora a se stessa. Non lo era più da quando la sua vita si era trasformata in un ponte che anime desiderose di risolvere questioni lasciate insolute sulla terra si sentivano in diritto di attraversare.

Sapeva che suo marito non poteva offrirle che vaghe suggestioni. Sarebbe stato un gioco fin troppo facile interferire nel destino altrui dal posto in cui si trovava.

Il male è tornato.

Accettò che Dante le si acciambellasse in grembo e ne accarezzò il pelo fulvo.

Aveva bisogno di riflettere, e di capire. Capire perché Joe le avesse scritto quel messaggio, perché il nome di Rowena si fosse materializzato sullo specchio e perché Angela, la moglie di Jeff Mahler, avesse spinto il marito a mettersi in contatto con lei.

Qualcosa stava per accadere, ormai ne era certa.

E di qualsiasi cosa si trattasse, era già così coinvolta in quella storia da non potersi tirare indietro.

Avrebbe parlato ancora con Riley, decise. E forse il poter avere accesso a nuove informazioni avrebbe contribuito a schiarirle le idee.

Sostenuta da questa determinazione, prese in mano il telefono.

«Riley. Chi parla?»

«Ciao, John. Sono Nora. Chiamavo per sapere come è andato il tuo incontro con Kelly.»

«Quella ragazza è molto spaventata. Aver visto Bennet davanti a casa sua ha risvegliato in lei spiacevoli ricordi. Le ho promesso che lo terrò d'occhio.»

«È la cosa migliore da fare. Anche se continuo a pensare che sarebbe uno sciocco se fosse venuto qui solo per mettersi di nuovo nei guai, dopo aver scontato il suo debito con la giustizia.»

«Ma è pur sempre un assassino. E ha già fatto cose molto più insensate di questa.»

Forse Riley aveva ragione. Era difficile capire cosa potesse esserci nella testa di quell'uomo.

Nora fece un profondo sospiro e poi aggiunse: «So che ti sto chiedendo molto, ma visto che ai tempi ti sei occupato del caso, non sarebbe possibile avere una copia degli incartamenti dell'omicidio di Alma Sanders?»

«Abbiamo tutti e due a cuore la felicità di quella ragazza» comprese John Riley.

«Già.»

Di certo non poteva dirgli dei messaggi che aveva ricevuto. Il fatto che arrivassero da persone che non facevano più parte del mondo dei vivi non lo rendeva un facile argomento di conversazione.

«Ho già chiesto quel materiale ai miei colleghi. Ne darò una copia anche a te.»

«Grazie.» Nora accennò appena un sorriso, pur sapendo che dall'altro capo del filo lui non avrebbe potuto vederlo.

«So quello che Rowena ha passato quando era ancora una bambina e non voglio che abbia altri problemi. Non credo che ce la farebbe a sopportarli.»

Non le aveva domandato perché avesse bisogno di quegli incartamenti, pensò Nora riattaccando il telefono dopo averlo salutato. Ma era evidente che era in apprensione per Kelly almeno quanto lei.

CAPITOLO VENTITRÉ

Seduta sullo sgabello Stokke che si era fatta portare da New York e che proteggeva la sua schiena facendole tenere la corretta postura, Kelly annodava minuscoli led nel groviglio dei fili di rame e pensò che la luce del tramonto era quella che preferiva per lavorare.

Meg le aveva fatto sistemare un ampio tavolo davanti alla finestra, con accanto una serie di contenitori nei quali aveva potuto organizzare tutto il suo materiale.

Chissà se a sua madre sarebbero piaciute le sue contorte sculture, si chiese.

E la prima risposta che le venne in mente fu 'sì'. Non solo perché era anche lei un'artista, ma anche perché l'avrebbe comunque sostenuta e incoraggiata.

Per tutto il tempo che il destino aveva loro concesso per stare insieme era riuscita a farla sentire la bambina più speciale del mondo. Peccato che non fosse durato abbastanza.

Anche suo padre adorava sua madre. Li ricordava camminare mano nella mano sulla spiaggia o ridere di gusto durante le frequenti cene che organizzavano con i loro amici e che lei era sempre costretta ad abbandonare troppo presto.

Dopo pochi mesi dall'omicidio, travolto dal dolore, lui aveva deciso di suicidarsi. E il pensiero di lasciare sola una bambina di appena sette anni non era bastato a dissuaderlo.

Se soltanto fossi riuscita a farmi amare di più da papà... forse ora sarebbe ancora vivo.

Una fitta improvvisa alla mano la fece trasalire.

Abbassò lo sguardo e si rese conto di essersi ferita con le forbici che sarebbero dovute servirle per tranciare un filo di rame.

Era così assorta che come una sciocca si era tagliata.

O aveva voluto di proposito farsi male per sentire un dolore che le soffocasse quello che le veniva dal cuore?

Ricacciò indietro anche quel pensiero e decise che per il momento era abbastanza. Anni di analisi le avevano insegnato a riconoscere il suo punto di non ritorno, quello che l'avrebbe fatta crollare e costretta a chiamare la dottoressa Lindberg per fissare al più presto un appuntamento con lei.

Cara Annie, mi dispiace. Ho provato a riprendere in mano la mia vita ma non ci sono riuscita.

No. Non voleva già dichiararsi sconfitta.

Sapeva di non essere ancora in grado di risollevarsi sempre da sola. Decidere di andare da un'analista non era stato facile, ma forse era stato l'unico momento della sua vita in cui era riuscita a dire: «ho bisogno di aiuto».

Rimise le forbici al loro posto e tamponò con un fazzoletto il sangue che le usciva dal palmo della mano. Avrebbe messo un cerotto sulla ferita e poi si sarebbe concessa un aperitivo in veranda, facendo il possibile per recuperare il suo buonumore.

Così, dopo essersi medicata in bagno, raggiunse il frigo e si versò un bicchiere di succo d'ananas che avrebbe accompagnato con un paio di tartine.

I ricordi del passato continuavano a destabilizzarla e non le avevano permesso di lavorare quanto avrebbe voluto, ma non si sarebbe tirata indietro.

Per quanto fragile ancora si sentisse, sapeva di non poter mollare.

Si sarebbe rialzata tutte le volte che fosse stato necessario, anche se le sembrava di non aver fatto altro negli ultimi trent'anni della sua vita: cadere e rimettersi in piedi.

Stava per versarsi dell'altro succo d'ananas quando si accorse della figura che si stagliava rigida davanti al suo cancello. Non le ci volle molto per metterla a fuoco e riconoscere i lineamenti di Ralph Bennet.

Che cosa voleva ancora da lei quell'uomo?! Non credeva di averla già fatta soffrire abbastanza?

Starsene lì in piedi, davanti a casa sua, senza far niente per nascondersi, non poteva che essere una provocazione. Voleva farla impazzire, o anche ucciderla, come aveva già ucciso sua madre.

Forse perché si sentiva protetta dalla luce del giorno, o dal brusio di voci che sentiva provenire dal giardino dei vicini. O forse perché era disperata. Senza rifletterci oltre, posò il bicchiere sul tavolo e a passo veloce si avviò lungo il vialetto che attraversava il giardino e portava verso il cancello.

In un attimo si ritrovò faccia a faccia con Ralph Bennet. Fu sorpresa dai segni che il tempo aveva lasciato sul suo viso ma non si lasciò distogliere dal suo proposito.

«Perché continua a tormentarmi? Non le basta quello che ha già fatto?!»

Se pensava che la sua disperazione sarebbe riuscita a far vacillare un tipo come Bennet, si era sbagliata di grosso.

Lui rimase a fissarla con sguardo gelido, prima di dirle: «Per colpa sua ho passato trent'anni in prigione. Ora sono un uomo libero e posso fare quello che voglio. Anche stare tutto il giorno davanti al suo cancello.»

«Non le permetterò di distruggere ancora la mia vita. Non glielo permetterò!»

Kelly sentì gli occhi che le si riempivano di lacrime e il cuore in subbuglio, ma riuscì a rimanere stabile sulle gambe e a non crollare.

«Non glielo permetterò» ripeté ancora, questa volta a voce più bassa.

«Nessuno può più dirmi cosa posso o non posso fare, signorina Sanders. Tanto più che ormai non ho niente da perdere. Questa strada è di tutti e io tornerò ogni volta che ne avrò voglia.»

Scandì lentamente le parole e dopo un'ultima occhiata si voltò per andarsene.

Guardandolo allontanarsi, Kelly sentì sciogliersi la tensione che fino a quel momento le aveva impedito di crollare e tutta la disperazione trattenuta straripò. Si prese la testa tra le mani e pianse. Pianse lacrime di rabbia, di paura e di dolore.

Quell'uomo non l'avrebbe lasciata in pace, comprese. Non fino a quando non avesse deciso che fosse abbastanza.

Aveva già cambiato per sempre la sua vita uccidendo sua madre, ma era evidente che non si sentiva ancora soddisfatto. Sarebbe tornato a farle visita, ora lo sapeva. Così come era ormai sicura che Bennet fosse tornato a Martha's Vineyard proprio per lei.

CAPITOLO VENTIQUATTRO

Stanca ma soddisfatta, Nora tornò a casa poco prima delle sette.

Incurante delle nuvole che si erano addensate in cielo e che sembravano preannunciare il temporale, alla fine della giornata di lavoro aveva deciso di fare una lunga camminata sulla spiaggia perché sapeva che questo le avrebbe alleggerito le gambe e i pensieri.

Sedendosi davanti agli incartamenti del caso Sanders che John Riley già le aveva fatto avere, si rese conto di non aver pensato ad altro per tutto il tempo che la sua passeggiata era durata.

Si versò un bicchiere di vino bianco e accomodandosi al tavolo da pranzo prese a sfogliarli.

Le foto scattate all'epoca dalla polizia e la dinamica dell'omicidio avrebbero turbato persone ben più solide di lei, ma non era il momento di tirarsi indietro. Anche perché, mentre scorreva quei fogli, non riusciva a smettere di pensare che quello che per lei rimaneva il resoconto di un fatto accaduto trent'anni prima, la piccola Rowena l'aveva vissuto sulla sua pelle di bambina.

Povera Kelly.

Doveva essere stato terribile svegliarsi nel cuore della notte e trovare sua madre sul pavimento della cucina, accoltellata a morte, dopo averla salutata come tutte le sere pensando di ritrovarla al mattino.

L'autore di quella barbarie poteva essere il diavolo di cui Jeff Mahler le aveva parlato?

Per il momento non era il caso di mettere da parte nessuna ipotesi, si disse Nora.

L'arma del delitto, stando ai verbali, era un coltello preso dalla cucina.

Il che sembrava escludere la premeditazione.

Gli investigatori non avevano trovato segni di effrazione. La madre di Kelly doveva aver aperto alla persona che poi l'aveva uccisa. Qualcuno che conosceva, quindi.

Come Ralph Bennet, che lavorava in casa loro da alcuni giorni e che Alma Sanders aveva accusato del furto di un bracciale molto prezioso.

Almeno questa era stata la conclusione degli inquirenti. E per come stavano le cose, al momento non aveva motivi per mettere in dubbio quella versione.

L'assassino era andato da Alma Sanders forse solo per parlarci, ma poi la discussione doveva essere degenerata, e allora aveva preso il coltello infierendo contro di lei. Il referto del medico legale parlava di dieci profonde lesioni distribuite sulle braccia, sull'addome e sul collo.

L'aggressore doveva essere pieno di rabbia, non poté fare a meno di pensare.

E un brivido le scese lungo la schiena.

O per amore o per denaro. Non c'erano molti altri moventi per i crimini più efferati, era solito ripetere suo marito, che aveva speso una vita come detective nel Dipartimento di polizia di Boston.

In una delle foto archiviate tra i documenti del caso Sanders era ritratto il vecchio pick-up rosso di Ralph Bennet.

A quanto risultava dai verbali, la piccola Rowena aveva visto dalla finestra quel furgone che si allontanava, quando si era svegliata ed era scesa in cucina.

Lo aveva raccontato agli investigatori dopo un paio di giorni, ma la sua testimonianza era risultata più che credibile. La bambina conosceva bene il pick-up rosso perché Bennet lo usava per andare a lavorare.

Dopo la sua dichiarazione, gli agenti avevano saputo dalla vicina – la signora Janice Waldon – che il giorno prima di morire Alma Sanders aveva fatto una scenata perché dalla sua camera era scomparso un prezioso bracciale a cui teneva molto.

Era convinta che fosse stato Bennet a rubarlo, visto che aveva una copia delle chiavi con cui poteva entrare e uscire liberamente durante i lavori di ristrutturazione.

Secondo la signora Waldon, mentre litigava con Bennet, Alma Sanders gli aveva dato un ultimatum. Se non le avesse riportato il bracciale nel giro di ventiquattr'ore, lo avrebbe denunciato alla polizia.

Nel corso dell'interrogatorio, l'uomo aveva ammesso di essere stato lì quella sera, ma aveva anche sostenuto con forza di non aver ucciso lui Alma Sanders. Voleva solo convincerla di non aver rubato il bracciale. Ma quando era arrivato, verso mezzanotte, l'aveva vista a terra in mezzo a tutto quel sangue e per paura era scappato via.

Agli inquirenti, che avevano obbiettato di aver trovato le sue impronte in cucina, Bennet aveva spiegato che quella mattina aveva interrotto i lavori nei bagni, al piano di sopra, ed era sceso per controllare una perdita d'acqua.

Questo però non escludeva che potesse essere tornato per uccidere Alma Sanders...

Le ombre della sera cominciavano a rendere difficoltosa la lettura, così Nora si alzò per accendere la luce e per un attimo si soffermò davanti alla finestra.

Le piaceva l'atmosfera d'altri tempi che i rigogliosi cespugli di rose davano al suo giardino.

Qualcuno pensava che fossero dei fiori prevedibili e poco originali, ma non lei. Negli ultimi anni aveva imparato a conoscerne e ad apprezzare le infinite varietà. E aveva scoperto che le Agnes gialle erano quelle che amava di più.

Bevve un altro sorso di vino bianco e tornò con un sospiro agli incartamenti della polizia.

Era triste per Kelly e rammaricata per la terribile esperienza che da bambina era stata costretta ad affrontare.

Avrebbe voluto liberarla dal dolore che le opprimeva il cuore. Ma l'unica cosa che in quel momento poteva fare per lei era capire perché l'assassino di sua madre fosse tornato a tormentarla.

Pagina dopo pagina, attraverso le deposizioni archiviate, ricostruì le ultime ore di Alma Sanders.

In tarda mattinata Janice Waldon l'aveva salutata attraverso la siepe e poi, mentre continuava i suoi lavori di giardinaggio, aveva sentito la sua discussione con Bennet.

Verso l'ora di pranzo Alma Sanders aveva accompagnato la piccola Rowena a un picnic per il compleanno di un compagno di classe, senza fermarsi con gli altri genitori, come faceva quasi sempre.

Tina Bell, mamma di un'amichetta, aveva dichiarato che Alma le aveva chiesto di dare un'occhiata anche a Rowena perché alle due aveva un appuntamento con il dentista che non poteva rimandare.

In realtà la signora Sanders aveva disdetto quell'impegno la mattina stessa, annotò Nora, scorrendo la pagina successiva. Verso le dieci aveva telefonato alla segretaria del dottor Moore accusando un forte mal di testa. Una scusa, visto che dopo pranzo un'amica l'aveva incrociata mentre faceva jogging.

Era evidente che Alma aveva voluto rimanere sola.

Per andare a fare jogging...

Un'attività utilissima per riflettere o scaricare i nervi, rifletté Nora. Come faceva anche lei con le sue passeggiate.

Quando si sentiva nervosa o aveva le idee confuse, indossava le scarpe da ginnastica e camminava a ritmo spedito finché i pensieri non si schiarivano.

In alcuni casi le bastava anche solo una mezz'oretta. Altre volte finiva per perdere la nozione del tempo tanto le gambe avevano urgenza di muoversi.

Perché quel giorno Alma Sanders aveva avuto tanto bisogno di andare a correre da sola?

Solo perché era arrabbiata per il bracciale?

Quella stessa mattina aveva accusato Bennet del furto e aveva minacciato di denunciarlo se non glielo avesse riportato nel giro di ventiquattr'ore.

Gli investigatori erano convinti che quella sera Bennet avesse cercato solo di prendere tempo e che quando Alma Sanders non aveva voluto sentire ragioni, lui l'avesse uccisa in un impeto di rabbia.

La deposizione della moglie di Ralph Bennet era quella di una donna incredula e sconvolta. Leggendo le sue parole accorate, registrate nei verbali, Nora non riuscì a non mettersi nei suoi panni. Scoprire all'improvviso che l'uomo che ami, il padre dei tuoi figli, non è la persona retta e onesta che per tanti anni hai creduto, e che ha rubato e ucciso.

No. Non sarebbe stato facile per nessuna donna al mondo.

John Riley le aveva raccontato che la moglie di Bennet aveva chiesto il divorzio subito dopo il processo e se n'era andata via con i figli.

Era evidente che dopo la notte in cui aveva ucciso Alma

Sanders la vita di quell'uomo era stata completamente distrutta. Niente più libertà, niente più impresa di ristrutturazioni che aveva appena avviato, niente più casa, niente più moglie e figli.

Era per questo che era tornato a The Vineyard? Per vendicarsi della bambina che con la sua deposizione gli aveva distrutto la vita?

Allora doveva essere ancora più folle di quanto lei avesse pensato, concluse Nora togliendosi gli occhiali per riposare la vista. Perché in fondo ora aveva pagato il suo debito con la giustizia e se fosse stato un uomo intelligente se ne sarebbe andato in qualsiasi altro posto del mondo a cercare di rifarsi una vita, ma di certo non a The Vineyard.

CAPITOLO VENTICINQUE

Il venerdì mattina, dopo aver chiuso la sua conversazione telefonica con John Riley, Kelly tornò a dedicarsi alla sua colazione a base di caffè, pane tostato e succo di arancia.

Quella notte non aveva avuto bisogno delle sue 'pillole magiche' per addormentarsi. Era così stremata dalla tensione e dal pianto che verso l'una era crollata in un sonno profondo e senza sogni, che non era durato più di un pugno di ore. Il che, vista la situazione, era più di quanto avesse sperato.

Durante la loro telefonata Riley le aveva raccontato che Ralph Bennet aveva dichiarato ai suoi colleghi di essere tornato a The Vineyard solo perché non aveva nessun altro posto dove andare.

Dal tono di voce neanche lui era sembrato convinto di quella spiegazione.

Di certo a lei non bastava.

Riley le aveva assicurato che la polizia avrebbe continuato a tenere d'occhio Bennet. A meno di passi falsi, però, per il momento non potevano fargli niente, visto che aveva già pagato il suo debito con la giustizia.

Il suono del campanello interruppe le sue riflessioni e quando andò ad aprire, Kelly si ritrovò davanti un enorme bouquet di rose dalle meravigliose sfumature.

Non ne aveva mai ricevute tante tutte insieme e il profumo di quei fiori era tale da inebriarla.

Donald, pensò. Non poteva trattarsi che di lui.

Dopo aver dato una generosa mancia al fattorino delle consegne, trattenendo la curiosità, si prese il tempo necessario per sistemare le rose prima di aprire finalmente il biglietto che le accompagnava.

Ti aspetto stasera al Samsara. Mi raccomando, niente acqua minerale o dovrò citarti per danni per la pessima pubblicità al mio locale.

Poco più sotto, la firma: *Adam*.

Fu più sorpresa o delusa nello scoprire che non era stato Donald a mandarle quel meraviglioso bouquet di rose?

Non provò a darsi una risposta.

Era così agitata da quando Ralph Bennet era piombato di nuovo nella sua vita che si era dimenticata che l'invito fosse per quella sera. E forse fino a quel momento non aveva nemmeno preso in considerazione l'idea di accettarlo.

Ma ora...

Adam le aveva ricordato quell'appuntamento con un gesto davvero galante e non avrebbe potuto dargli buca senza sentirsi terribilmente scortese davanti a tanta gentilezza.

Per quanto il pensiero di una serata mondana non la entusiasmasse in quel periodo della sua vita, sarebbe andata all'inaugurazione del Samsara, concesse. Quindi sistemò la tazza ormai vuota nella lavastoviglie.

Avrebbe indossato uno degli abiti che aveva comprato a New York proprio per occasioni come quella, che erano una consuetudine piuttosto recente nella sua vita come donna di successo, e avrebbe regalato ad Adam qualcosa che fosse di buon augurio per il suo locale.

Su tutto il resto – ed era un "tutto il resto" che riguardava soprattutto il modo in cui si sentiva all'idea di rivederlo – decise per il momento di soprassedere.

CAPITOLO VENTISEI

Il vento caldo che si era levato in tarda mattinata aveva spazzato via le nuvole e riportato il sole sull'isola.

Scendendo dalla macchina che aveva appena posteggiato davanti casa, Nora pensò a quanto fosse grata a quelle belle giornate che le facevano venire voglia di uscire e di fare.

Il tempo del letargo invernale era finito.

Aprì il portellone posteriore dell'auto per tirare fuori la spesa e non si accorse dell'anziana barboncina sfuggita di mano alla sua vicina finché non sentì Lucy Brandon chiamarla a gran voce.

Con riflessi pronti riuscì ad afferrare il guinzaglio che si trascinava dietro e a bloccare la sua corsa.

«Eccola qui la tua Gipsy. L'ho presa io.»

«Uno di questi giorni mi farà venire un infarto. Non so che farei se le succedesse qualcosa.»

«Lo vuoi capire o no che ormai siamo due vecchiette e non possiamo strapazzarci troppo?» rimproverò poi affettuosamente la cagnolina prendendola in braccio.

«Quali vecchiette. Siete due splendide giovincelle» l'apostrofò Nora, mentre tirava fuori le buste con i suoi acquisti.

«Magari con qualche piccolo 'ritocchino' farei anch'io la mia figura» ridacchiò Lucy Brandon.

«A proposito di 'ritocchini'... Lo sai chi passerà l'estate qui a The Vineyard quest'anno?» le chiese poi.

«Né il presidente Obama né sua moglie Michelle sono habitué della chirurgia plastica. Non credo che tu stia parlando di loro.»

Sapeva che se si trattava di celebrità o di pettegolezzi, nessuno aveva voce in capitolo quanto la sua vicina.

«Hai presente Kimberly Hope, la star di Fear? Be'... Si è appena fidanzata con il re della carne in scatola, e hanno prenotato una costosissima suite all'Harbor View Hotel. Lei ha dichiarato di esserne innamorata alla follia, ma credo che sia tutta una montatura per fare dispetto all'ex-marito che l'ha lasciata per un'attricetta di appena vent'anni.»

«Quando si tratta di tradimenti, tutto il mondo è paese» interloquì Nora in modo distratto mentre tirava fuori dal portabagagli la cassetta degli ortaggi freschi che aveva appena comprato al Farmer's Market.

«Il re della carne non è poi questo granché, ma con un anello di fidanzamento così, un pensierino ce l'avrei fatto anch'io.»

Le mise sotto gli occhi la copertina di Us. «Guarda qua. Con un diamante di queste dimensioni ci si potrebbe anche giocare a golf.»

«Avrei paura ad andare in giro con qualcosa di tanto prezioso» commentò senza troppo interesse.

Non aveva nemmeno finito di parlare che un'altra fotografia attirò la sua attenzione.

Cassandra Dee sorrideva felice su una spiaggia di Cape Cod sfoggiando una forma fisica che gli anni non avevano intaccato. Ma c'era qualcosa di molto più interessante in quella foto dell'avvenenza della star di Hollywood.

Possibile che...?

«Se l'hai già letto potrei dare un'occhiata al tuo giornale?» chiese alla sua vicina, per togliersi ogni dubbio.

Lucy Brandon parve compiaciuta del fatto che il mondo del gossip avesse contagiato anche lei.

«Tienilo pure. Tutti a dire che sono sciocchezze, ma non c'è niente di meglio per rilassarsi.»

Una volta in casa, Nora portò le buste della spesa in cucina, ma prima di metterle a posto fece quello che più le premeva da quando aveva visto la copertina di Us.

Prese gli incartamenti del caso Sanders e controllò le fotocopie una ad una finché non trovò quello che cercava. Quindi indossò gli occhiali per osservare meglio i più piccoli particolari della foto.

Era quasi sicura che fosse come lei pensava, e quel confronto sembrava darle ragione.

Avrebbe telefonato a John Riley e lo avrebbe messo al corrente della novità.

Sapeva che questo avrebbe rovinato i giorni di vacanza che Cassandra Dee si stava concedendo a Cape Cod, ma in quel momento non era che l'ultima delle sue preoccupazioni.

CAPITOLO VENTISETTE

Il Samsara illuminato da centinaia di candele, con la brezza marina che faceva ondeggiare le tende di organza, era quanto di più suggestivo Kelly potesse immaginare.

Le note di un vecchio pezzo di Carly Simon, che si spandevano languide tra la spiaggia e le stelle, la accolsero come un buon auspicio. Quella canzone era una delle sue preferite e le ricordava tormenti amorosi dell'adolescenza per i quali ora non provava che tenerezza.

Il pacco che teneva in mano era ingombrante ma leggero. Il suo regalo per Adam.

Avanzò a fatica sulla sabbia a causa dei meravigliosi ma scomodissimi sandali che aveva scelto di indossare sotto al tailleur pantaloni blu firmato Armani.

Alle orecchie aveva luminosi pendenti di acquamarina che emanavano riflessi di luce a ogni suo movimento.

Non aveva ancora raggiunto l'angolo bar che si era già pentita di aver tentato di essere la *femme fatale* che non era mai stata, con quel tacco dieci e l'algida andatura che le conferiva.

Senza troppi sensi di colpa si liberò degli eleganti sandali che, comprese, aveva comprato pensando a un'altra donna e decise di rimanere a piedi nudi per godere appieno della meravigliosa sensazione della sabbia sulla pelle.

L'atmosfera del Samsara era davvero suggestiva ma...

In mezzo a tanti bei pensieri c'era un "ma" che aveva il nome di Adam Beltz.

Sarebbe stato un terribile errore avere una qualsiasi aspettativa per quella serata, cercò di stamparsi bene in mente. E lo sarebbe stato anche non soffocare il batticuore che le faceva vacillare le gambe quando lui teneva lo sguardo incollato al suo.

Forse era un errore già il solo fatto di essere lì.

Ora c'era Donald nella sua vita. E questo doveva pur significare qualcosa.

Certo, il loro era un amore pacato, senza ansie o struggimenti, ma lui era una persona solida e affidabile che non l'avrebbe fatta soffrire.

Proprio quello di cui aveva bisogno una come lei, che di punti fermi non ne aveva mai avuti.

Avrebbe costruito qualcosa insieme a Donald. Avrebbero avuto figli e nipoti e sarebbero invecchiati sapendo di poter contare l'uno sull'altro.

Mentre Adam Beltz... Quell'uomo doveva avere dozzine di donne che gli cadevano ai piedi, e non sembrava uno a cui la cosa dispiacesse.

No. Niente che facesse per lei. Niente che fosse capace di gestire o per cui avesse voglia di tormentarsi.

Avrebbe passato una serata piacevole. Si sarebbe goduta la buona musica, il profumo del mare e la brezza leggera della sera. Al momento giusto sarebbe tornata a casa, abbastanza stanca da potersi permettere qualche ora di sonno.

Poi da lontano lo vide. Era insieme ad altre persone e il suo sorriso era seducente come lo ricordava. Indossava una camicia di lino bianco che metteva in risalto la sua abbronzatura ed era a piedi scalzi, proprio come lei.

Forse fu la sensazione di sentirsi osservato, o i suoi pensieri che in qualche modo lo avevano raggiunto. Si voltò verso di lei, che non ebbe il tempo di distogliere lo sguardo, e incrociando i suoi occhi le sorrise.

Avrebbe voluto mostrarsi impegnata in qualcosa di essenziale per la sopravvivenza dell'intera razza umana, ma non ne ebbe il modo, perché in pochi istanti Adam le fu accanto.

«Allergica alle scarpe anche tu?»

«Adoro camminare sulla sabbia.»

«Abbiamo una cosa in comune. E magari non solo una...»

«Hai una strana borsetta da sera o quel pacco è per me?» le chiese poi.

Kelly sorrise della sua distrazione. «Certo. Scusa. Per ringraziarti dell'invito. L'ho fatta io e... spero che ti piaccia.»

Incurante del suo impaccio, lui la condusse in un angolo appartato e con tutta la cura che richiedeva scartò il regalo che gli aveva portato.

Comprese dalla sua espressione di essere riuscita a sorprenderlo.

«È magnifica. Non credo di aver mai visto una lampada così bella.»

E in effetti dopo gli ultimi ritocchi la Wires era proprio come avrebbe voluto che fosse. Una grande sfera di fili di rame aggrovigliati tra loro, disseminata di piccoli e luminosissimi led.

Per ringraziarla le sfiorò la guancia con un bacio.

E all'improvviso fu come se non avessero altro da dirsi o da fare se non guardarsi negli occhi.

Solo loro due, le stelle e la musica di Carly Simon.

L'arrivo di altri ospiti interruppe quel loro momento e Adam fu costretto ad allontanarsi per fare gli onori di casa.

A disagio per l'incanto spezzato, Kelly afferrò il primo bicchiere di champagne che le capitò a tiro e lo mandò giù in un sorso, senza troppi sensi di colpa per aver rinunciato nella frazione di un secondo ai suoi buoni propositi.

Ok. Posso farcela, si disse. *Quell'uomo mi confonde le idee, ma questa è una conferma che devo tenermi il più possibile lontano da lui.*

«Posso presentarti il mio Mike?»

Meg era radiosa nel suo completo di lino verde acqua, dello stesso colore dei suoi occhi. E il suo accompagnatore aveva il sorriso affabile e un'abbronzatura da fare invidia.

«Siamo con dei nostri amici al tavolo laggiù. Vuoi unirti alla compagnia?» le propose subito Mike con un sorriso.

Contenta di non dover rimanere sola in mezzo a tanta gente che non conosceva, Kelly accettò con piacere.

E insieme a loro trascorse il resto della serata, occhieggiando ogni tanto Adam, indaffaratissimo con i suoi invitati e, ancora più spesso, con le sue affascinanti ospiti.

Era stata davvero una sciocca a immaginare che potesse esserci qualcosa di più dietro la sua gentilezza e i fiori che le aveva mandato. Adam sguazzava nella galanteria come fosse il suo elemento naturale. Ed era inutile che si facesse illusioni.

Erano le due passate quando decise che era arrivato il momento di tornare a casa e si diresse verso il parcheggio.

Adam era impegnato in una fitta conversazione con una sosia di Kate Hudson e lei immaginò che non se la sarebbe presa se non lo avesse salutato. Per tutto il tempo che era rimasta lì non si era avvicinato che una sola volta, per pochi minuti, per portarle il cocktail alla frutta che ormai sapeva essere il suo preferito.

La sua andatura era resa incerta da qualche bicchiere in più, ma quella leggera euforia l'aiutava a non pensare.

Era quasi arrivata al parcheggio e stava già tirando fuori

dalla borsa le chiavi della macchina quando percepì un lieve scricchiolio alle sue spalle.

La zona riservata alle auto era deserta e scarsamente illuminata. E tutt'intorno regnava un buio impenetrabile.

A dispetto della sua ferma volontà di non lasciarsi suggestionare, il cuore prese a batterle all'impazzata.

Si voltò di scatto, e non poté che constatare che non c'era nessuno dietro di lei.

Che sciocca era stata a spaventarsi tanto...

Non ebbe nemmeno il tempo di tirare un sospiro di sollievo, perché poi la vide. Un'ombra, tra i cespugli, a pochi passi da dove si trovava.

Magari non era niente e si stava allarmando senza motivo.

E se non fosse stato così? E se Bennet avesse deciso di seguirla fin lì?

«Sei tu? Lo so che sei tu. Devi smetterla di perseguitarmi!» urlò, cercando di farsi coraggio.

Non rispose nessuno e Kelly quasi non riuscì a respirare dalla paura.

Le luci del Samsara erano come un miraggio, vicine eppure troppo lontane. Se avesse provato a gridare per chiedere aiuto, con la musica ad alto volume nessuno degli invitati l'avrebbe sentita, ma chi la seguiva si sarebbe affrettato a farla tacere.

Il percorso per raggiungere il locale e i suoi ospiti, anche se breve, nascondeva troppe insidie. Così alla fine si decise per la soluzione più facile, anche se forse non la più sensata. Con le chiavi già in mano corse verso la sua auto e dopo aver bloccato la chiusura centralizzata partì a razzo.

Guidò per qualche centinaia di metri senza neanche guardare la strada, ma quando alzò gli occhi sullo specchietto retrovisore si accorse dei fari che la seguivano a brevissima distanza.

Con una sterzata improvvisa, svoltò sulla State Road, poi

accelerò e decelerò. Tutto inutile, perché i fari erano sempre lì, incollati dietro di lei.

Non poteva tornare a casa. Avrebbe dovuto fermarsi per aprire il cancello e si sarebbe trovata da sola, alla mercé del suo inseguitore, mentre tutti nelle abitazioni intorno probabilmente dormivano.

Con il cuore in gola, decise che l'unica cosa che poteva fare era telefonare a John Riley. Era tardi e forse anche lui stava dormendo, ma era sola e aveva paura.

Dall'altra parte le rispose la segreteria.

«John, sono Kelly. John, ti prego, aiutami!» implorò, disperata.

Forse proprio a causa del telefono, il volante le sfuggì di mano. L'auto perse aderenza con il terreno e si disarticolò in un testacoda, mentre lei cercava inutilmente di riprenderne il controllo.

CAPITOLO VENTOTTO

«Signorina... si è fatta male, signorina?»

Quelle parole emersero lentamente dalla confusione e aprendo gli occhi Kelly si ritrovò faccia a faccia con una coppia di giovanissimi che sembravano più spaventati di lei.

«All'improvviso la sua macchina ha sbandato. È sicura di sentirsi bene?»

Il ragazzo che le stava parlando era la copia di un giovane e timido Robert Redford.

«Eravate voi... I fari che vedevo dallo specchietto retrovisore.»

La ragazza accennò a una Chevrolet blu posteggiata sul lato opposto della strada. «Noi venivamo dall'altra direzione. Abbiamo visto la sua auto finire fuori strada e ci siamo fermati per vedere se aveva bisogno di aiuto.»

«Vuole che chiamiamo un'ambulanza?» le chiese poi.

Con movimenti cauti Kelly uscì dalla macchina e si rese conto che dopo il testacoda era andata a sbattere contro l'insegna di un bed & breakfast che al buio non aveva visto. Non sentiva niente di dolorante, l'auto di cortesia non sembrava avere che qualche graffio, ma nell'impatto il cartello si era accartocciato.

Qualche luce si stava accendendo da un edificio vittoriano immerso in un ampio parco, qualche centinaia di metri più avanti.

Era chiaro che a quel punto avrebbe dovuto dare qualche spiegazione ai proprietari del bed & breakfast e, soprattutto, offrirsi di riparare l'insegna.

«Ho combinato un bel pasticcio, ma qualcuno mi seguiva. Mi sono spaventata e ho perso il controllo dell'auto.»

Non poté non notare lo sguardo perplesso che i due ragazzi si scambiarono.

«Dovete aver visto anche voi la macchina che avevo dietro. Mi è stata incollata per chilometri. Magari avete notato la targa, o il modello.»

«Mi dispiace ma non c'era nessun'altra macchina oltre alla sua.»

«Non è possibile. Mi è stata dietro da quando ho lasciato il Samsara.»

Il disagio dei due ragazzi era sempre più evidente.

«Ecco, noi non l'abbiamo vista... Potrebbe aver svoltato prima.»

Kelly provò a fare qualche passo, ma si rese conto che le girava la testa. Forse per lo spavento che si era presa, o per lo champagne che aveva bevuto al party, dopo mesi che non toccava alcolici.

Si dispiacque per aver messo in difficoltà quei ragazzi che volevano soltanto aiutarla.

«Devo essermi sbagliata. Grazie per esservi fermati.»

Con la coda dell'occhio, vide un paio di persone che sopraggiungevano dal bed & breakfast con una torcia in mano.

«Le vostre famiglie vi staranno aspettando. Non voglio che si preoccupino per voi.»

«Corriamo il rischio che resti la nostra unica uscita per molto tempo» sorrise il giovane Robert Redford. «È sicura di non aver bisogno di niente?»

Kelly accennò all'uomo e alla donna che ora si distinguevano meglio nel buio. «È tutto a posto. Però dovrò chiedere scusa ai proprietari dell'insegna che ho distrutto e offrirmi di risistemarla.»

Un attimo dopo, ferma sul ciglio della strada, rimase a osservare i due ragazzi che si allontanavano.

Eppure era sicura che qualcuno la seguisse...

Riconobbe la luce di un lampeggiante che si avvicinava.

Nonostante cominciasse a sentirsi stanchissima, comprese che non sarebbe andata a dormire ancora per un bel po', visto che avrebbe dovuto spiegare alla polizia come mai era finita fuori strada a quell'ora di notte, danneggiando una proprietà privata.

CAPITOLO VENTINOVE

JOHN RILEY AVEVA APPENA VARCATO LA SOGLIA DEL Dipartimento di polizia di West Tisbury, quando la vide. Era seduta su una panca di legno, a capo chino, come raggomitolata su se stessa. Il suo sguardo era segnato da profonde occhiaie e c'era qualcosa di terribilmente fragile nel modo in cui continuava a torturarsi le mani.

«Kelly...» la chiamò a voce bassa.

E quando al suono del suo nome lei alzò gli occhi e corse ad abbracciarlo, per un attimo percepì il peso di tutto il dolore che quella ragazza ancora si portava dentro.

«Grazie, John. Grazie di essere venuto.»

«Ho ascoltato il messaggio che mi hai lasciato in segreteria. Come stai?»

«Non mi sono fatta niente, ma ho distrutto un'insegna e... Sono risultata positiva all'alcool test» proseguì con qualche imbarazzo. «Ero all'inaugurazione del Samsara e ho bevuto qualche bicchiere di champagne, ma non è per questo che ho perso il controllo della macchina.»

Rendendosi conto di quanto fosse agitata, le accarezzò i capelli per cercare di calmarla.

«Non ti preoccupare. Si sistemerà tutto.»

«Ciao, John.»

Mentre restituiva a Kelly i suoi documenti, il sergente Evans salutò con un cenno il suo ex-collega.

«Il giudice ha stabilito la cauzione. E dovrà ripagare i danni del cartello che ha distrutto. Da oggi in poi è meglio che stia molto attenta. Se la ripeschiamo a guidare ubriaca...»

«Non ero ubriaca!»

Il sergente Evans scambiò uno sguardo paziente con John Riley prima di allontanarsi.

«Ero in compagnia e ho solo bevuto qualche bicchiere di champagne. Tutto qui. Non bevevo da quasi un anno. Ma ho perso il controllo dell'auto perché qualcuno mi seguiva. Ero spaventata.»

Calde lacrime cominciarono a scivolarle sulle guance mentre la tensione si scioglieva.

«Qualcuno ti seguiva?» le chiese John, sorpreso.

«I ragazzi che si sono fermati per aiutarmi hanno detto di non aver visto altre auto oltre la mia» fu costretta ad ammettere Kelly. «Però sono sicura che qualcuno mi stesse seguendo.»

Lo champagne, lo scombussolamento di quei giorni, la stanchezza.

Quei fattori potevano averle giocato un brutto scherzo?, non poté fare a meno di chiedersi Riley.

«Magari era qualcuno che stava facendo la tua stessa strada.»

«Pensi anche tu che io sia solo una pazza ubriacona?»

Per la prima volta lesse la rabbia nel suo sguardo.

«Non volevo dire questo.»

«Non mi credi. Non mi crede nessuno. E se fosse stato Bennet? Se fosse stato lui a seguirmi?»

Trascorse qualche istante prima che Riley si decidesse a

dirle: «Quando mi hai telefonato... Non ero a casa perché lo stavo pedinando.»

«È stato tutta la sera in un pub di Edgartown. L'ho lasciato lì dieci minuti fa» aggiunse poi.

Kelly si prese la testa tra le mani e si sforzò di non piangere.

«Forse avete ragione voi. Sono solo una pazza paranoica.»

«Nessuno lo pensa.»

La invitò tra le sue braccia e lasciò che lei ci si abbandonasse.

«È tutto a posto. Ti accompagno a casa e rimarrò con te finché non ti addormenti.»

«Non faccio che crearti problemi. Non faccio che creare problemi a tutti.»

«Non crei nessun problema. E poi tanti anni fa ho giurato a me stesso che non avrei più permesso che qualcuno ti facesse ancora del male.»

Kelly annuì, senza aggiungere altro.

«Ho posteggiato qua davanti. Aspettami in macchina. Scambio due chiacchiere con i miei colleghi e ti raggiungo.»

Rimase a osservarla mentre usciva dal Dipartimento di Polizia a testa bassa, come se tutto il mondo le gravasse sulle spalle.

Quando aveva parlato con lui al telefono, il sergente Evans gli aveva detto che in passato Kelly aveva già avuto problemi con l'alcool e che un paio di volte era stata arrestata a New York per guida in stato di ebbrezza.

Poteva essere stata quella la causa anche del primo incidente in cui era stata coinvolta appena arrivata a The Vineyard?

John Riley decise per il momento di soprassedere su quell'interrogativo. E non le avrebbe detto niente della visita che presto Nora avrebbe fatto a Cassandra Dee.

Non voleva turbarla ancora.

La vita di quella ragazza doveva essere stata persino più dura di quanto avesse immaginato, si ritrovò a pensare con infinita tenerezza. Ma lui avrebbe fatto il possibile per impedirle di crollare ancora.

CAPITOLO TRENTA

Camminando a piedi scalzi lungo la South Beach, mentre le prime luci dell'alba avvolgevano il mare in una patina opaca che rendeva l'atmosfera quasi irreale, Jeff Mahler pensò che quello era il momento della giornata che preferiva. Famiglie e bagnanti se ne stavano ancora tranquilli nei loro letti e la spiaggia tornava a essere solo sua.

Forse in quella quiete sarebbe riuscito ad ascoltare meglio i suoi pensieri e a diradare la nebbia che a volte li rendeva incomprensibili, si augurò.

Aveva dormito non più di un paio d'ore, quella notte. E in quel breve lasso di tempo aveva di nuovo sognato sua moglie.

C'era qualcosa che lei si aspettava comprendesse.

Ma cosa?

Camminava ormai da più di mezz'ora, quando da lontano intravide la sagoma di un uomo che correva sulla spiaggia e si avvicinava nella sua direzione.

Un solitario come me, si ritrovò a pensare.

E si preparò a sorridere, per quel saluto solidale che ci si scambia tra sconosciuti scoprendosi simili.

Però quando l'uomo fu solo a pochi metri, in un attimo il

sorriso si spense sulla bocca di Jeff Mahler e fu come se all'improvviso una mano invisibile gli assestasse con forza un pugno nello stomaco.

L'estraneo indossava occhiali scuri e forse nemmeno si accorse di lui. Ma quello che Jeff provò quando si sfiorarono fu inaspettato e violento.

Tentò di reagire, ma una spada di gelo trafisse il suo corpo.

Poi nel buio che lo aviluppò tra le sue spire vide il luccichio e tutto si fece chiaro.

Il diavolo è tornato...

Dovette trattenere la nausea e trascinandosi sulle gambe malferme si voltò nella direzione in cui lo sconosciuto si stava già allontanando.

Un tremore incontrollabile agitava le sue mani e un sudore freddo gli imperlava la fronte, ma sapeva che non doveva arrendersi, che Angela si aspettava che non lo facesse, e seguì l'estraneo.

Ora gli era chiaro perché sua moglie gli aveva parlato del diavolo.

Doveva solo capire quale fosse il suo compito visto che il destino aveva deciso di mettere quell'uomo proprio sulla sua strada.

CAPITOLO TRENTUNO

Il trillo del telefono arrivò attutito da un punto lontano della sua coscienza. Nora lo percepì appena e cercò di convincersi che non si trattava che di un sogno.

Avrebbe dato qualsiasi cosa pur di continuare a dormire, ma l'insistenza degli squilli glielo impedì.

Socchiuse gli occhi per controllare l'orologio digitale sul comodino e si rese conto che erano appena le sei. E per occuparsi della stesura urgente di un contratto di compravendita si era addormentata che era da poco passata l'una.

Ma chiunque chiami a quest'ora non può non avere un buon motivo, si esortò tirandosi su a sedere e allungando la mano verso il cordless.

«Pronto.»

«Meno male che hai risposto, Nora. Sono Jeff Mahler. Mi dispiace disturbarti, ma quello che ho scoperto...»

Era agitato, e respirava con affanno.

«Cosa succede, Jeff?»

«L'ho seguito. Ora so chi è il diavolo e so dove abita. Per fortuna ho trovato un telefono pubblico da cui chiamarti.»

«Adesso però cerca di calmarti.»

«Dobbiamo parlare, Nora. Devi sapere anche tu. Lui è il male...»

«Dove sei?»

«Davanti a un motel a meno di un chilometro da casa mia. Finalmente ho capito a chi si riferisse mia moglie quando parlava del diavolo.»

Nora sentì il rumore di un'auto in sottofondo. Mahler si zittì, come per controllare di chi si trattasse. Poi, rassicurato, ripeté: «Dobbiamo parlare. Adesso so chi è il diavolo.»

«D'accordo. Dammi il tempo di prepararmi.»

«Ti aspetto a casa. Non mi sento tranquillo qui.»

L'avrebbe raggiunto e avrebbe fatto il possibile per tranquillizzarlo. Anche se l'idea di addentrarsi a quell'ora nel bosco che circondava il Seth's Pond non la entusiasmava affatto.

«Scusami, Nora, ma non potevo aspettare...»

«Non ti preoccupare. Ti raggiungo, così ne parliamo con calma.»

Dopo aver chiuso la conversazione, rimase seduta sul letto ancora per pochi istanti. Confusa.

Chissà cosa aveva turbato tanto Jeff Mahler.

Probabilmente si sentiva solo e faticava a dormire la notte, per questo era in giro già a quell'ora. Forse aveva ingigantito il significato di qualcosa che gli era capitato.

Comunque stessero le cose, non se la sentiva di ignorare la sua richiesta.

Si sarebbe vestita e poi sarebbe scesa in cucina a prepararsi un caffè, per essere abbastanza lucida prima di mettersi alla guida.

Quindi si sarebbe diretta verso il Seth's Pond, sperando che nel frattempo la luce del giorno avrebbe sostituito quella incerta dell'alba e le avrebbe permesso di affrontare con più tranquillità il tortuoso percorso attraverso la vegetazione per raggiungere il cottage di Jeff Mahler.

CAPITOLO TRENTADUE

Era appena l'alba quando Kelly mandò giù con un sorso d'acqua un'aspirina e un po' della mortificazione che l'esperienza di quella notte le aveva lasciato addosso.

Non era riuscita a riposarsi che per un paio d'ore e il mal di testa continuava a non darle tregua.

Non avrebbe dovuto bere, ma nel corso della serata l'ansia aveva preso il sopravvento e lei non aveva trovato altro modo per apparire la donna equilibrata e disinvolta che avrebbe voluto essere.

Poi qualcuno l'aveva seguita in macchina... O lo aveva solo immaginato?

L'unica cosa di cui era certa era quello che la polizia pensava di lei: che fosse una donna suggestionabile e dedita agli alcolici.

Certo i suoi precedenti per guida in stato di ebbrezza non avevano deposto in suo favore.

Anche John pensava che fosse solo una povera psicolabile?

Sapeva che le voleva bene e che avrebbe fatto qualsiasi cosa per lei, ma non era poi così sicura che le avesse creduto quando era andato a prenderla al Dipartimento di polizia.

Si strinse nelle spalle e decise di smettere di pensare alla notte precedente. Bevve un sorso del caffè che si era appena preparata e tornò agli scatoloni messi via dagli operai durante i lavori di ristrutturazione che la sera prima Meg le aveva ricordato di controllare.

Tirando fuori la pompa rotta di una bicicletta e una zanzariera bucata, si chiese come mai in tanti anni nessuno si fosse preoccupato di buttare via quegli oggetti ormai inutili.

Se quelle erano le premesse – si disse – forse avrebbe dovuto buttare tutto così com'era, senza perdere tanto tempo.

Aveva già accatastato, pronti per la spazzatura, apparecchi telefonici non funzionanti, lampade rotte, posate spaiate e piatti sbeccati quando si ritrovò tra le mani le vecchie tende del suo salone. Erano di seta azzurra con piccoli fiorellini opachi che si notavano solo in controluce.

Ricordò che spesso durante i suoi giochi di bambina ci si nascondeva dietro e tratteneva il fiato perché nessuno la trovasse.

Emozionata, controllò il resto.

Sotto le tende, che avrebbe potuto ancora usare dopo un passaggio in lavanderia, scoprì la tovaglia di lino che sua madre usava nei giorni di festa. Era leggermente usurata in un angolo, ma un sapiente rammendo avrebbe reso invisibile quell'imperfezione.

Era già abbastanza soddisfatta del suo tesoro, quando sul fondo trovò una scatola di legno che non le sembrava di aver mai visto. Eppure era tra cose che appartenevano alla sua famiglia.

Senza perdersi in tante congetture, la aprì e dentro vi trovò alcune lettere tenute insieme da un nastro di raso blu.

Cominciò a leggere la prima, datata 12 febbraio 1983: *"Cara Alma, non mi stancherò mai di dirti quanto ti amo..."*

Sua madre aveva conservato le lettere di suo padre,

comprese Kelly, emozionata. Ed era commovente vedere quanto trasporto ci fosse ancora tra loro dopo... be', a quel tempo, dovevano essere almeno otto anni di matrimonio.

Ma quando girò il foglio per finire di leggere, la firma che trovò in calce alla lettera la destabilizzò: *"Con amore. Sean"*.

Kelly fu spiazzata da quella scoperta.

Un amante. Sei mesi prima dell'omicidio. E forse quella storia d'amore durava da molto di più.

È vero, allora era solo una bambina. Ma come poteva esserle sfuggito che sua madre fosse così insoddisfatta della sua vita matrimoniale da aver bisogno di un amante?

E dire che suo padre l'aveva amata al punto di togliersi la vita poche settimane dopo la sua morte, perché incapace di vivere senza di lei.

Confusa e incredula, Kelly riprese a leggere: *"...Oggi, quando ti ho vista sulle gradinate, non sono riuscito a pensare ad altro che a te e ho perso la partita più facile del torneo come un principiante. Ma non mi importa. Non mi importa del tennis né di nessun torneo, se possiamo stare anche solo pochi minuti insieme..."*

Allora forse era al Seasons Club che si erano conosciuti, ipotizzò Kelly.

Suo padre non aveva mai amato il tennis e il più delle volte sua madre andava al Circolo da sola. Per una partita con le amiche, diceva.

Come le appariva ipocrita, ora, quella spiegazione. E come le apparivano fasulli tutti i ricordi di che aveva conservato gelosamente per tanti anni.

Non avrebbe mai dovuto trovare quelle lettere, si rammaricò con un profondo sospiro.

Ma per quanto male potesse farle, decise che avrebbe letto quelle lettere una ad una, fino all'ultima riga. Perché la voglia di sapere era più potente del rischio di crollare.

Avrebbe fatto il possibile per capire chi diavolo fosse Sean e come fosse riuscito far perdere la testa a sua madre.

Era presente al funerale? Si era disperato come si erano disperati lei e suo padre nel saperla morta? Versando le sue lacrime si era almeno sentito un po' in colpa per quel loro amore clandestino?

CAPITOLO TRENTATRÉ

Rimessa al mondo da una tazza di caffè che bevve in un sorso, Nora uscì di casa in tutta fretta per raggiungere Jeff Mahler, come qualche minuto prima gli aveva promesso.

Al telefono era così agitato che all'inizio aveva faticato persino a distinguere le parole del suo confuso discorso.

Qualcosa lo aveva profondamente turbato.

Qualcosa di reale o uno dei fantasmi del passato che continuavano ad agitare la sua mente?, non poté evitare di chiedersi.

Una volta in macchina, si avviò verso la New York Avenue e poi raggiunse la Beach Road.

L'isola avvolta nella luce del primo mattino era ancora più bella. E si rese conto di quanto fossero incredibili le sfumature di cielo che ogni giorno si perdeva rimanendo a poltrire nel letto con quella vaga indolenza che sempre l'irretiva nelle prime ore del giorno.

Come la volta precedente, posteggiò l'auto sulla Lambert Cove Road e proseguì a piedi lungo il sentiero che costeggiava il Seth's Pond.

Attraversò il bosco, facendo il possibile per non farsi suggestionare dall'atmosfera poco rassicurante che si respirava in quel luogo sperduto.

Camminò a lungo, e poi finalmente vide la casa. Era avvolta dal silenzio e non sembrava esserci traccia di presenza umana.

Avvicinandosi dovette stringersi nel suo maglione di cotone per il brivido di freddo che all'improvviso le attraversò la schiena. Conosceva quella sensazione, ma sperò di sbagliarsi.

Qualcosa non andava.

Non era un pensiero che potesse spiegare. Solo un'indefinibile consapevolezza annidata in un luogo recondito della sua coscienza.

«Jeff...» provò a chiamare.

Trattenne il desiderio di voltarsi e di correre via, di salire di nuovo in auto e di allontanarsi da lì il più in fretta possibile.

Rimase, invece. Perché nello stesso posto in cui si era materializzata la sua paura, si era formata anche la convinzione di dover restare.

«Jeff...»

Continuava a non percepire nulla di rassicurante in quel silenzio, ma decise lo stesso di entrare in casa.

La stanza da letto con la rete arrugginita, il piccolo soggiorno arredato solo da un divano ormai logoro, la cucina con i vecchi pensili e le maioliche sbeccate.

La modestia di quel luogo le fece salire le lacrime agli occhi.

Sul tavolo della cucina, che non era che una grande asse di legno poggiato su due cavalletti, vide un libro ancora aperto e una mela consumata solo in parte.

Qualcosa aveva interrotto quelle occupazioni di Jeff Mahler.

Quando le fu chiaro che in casa non c'era altro da vedere, Nora tornò in giardino.

Come le era già successo, rimase incantata di fronte alle variopinte mescolanze di gigli, tulipani, zinnie e nasturzi. Stavolta, però, non riuscì a soffermarcisi.

Continuò a perlustrare il giardino, passando intorno a una piccola fontana ormai dismessa e dietro un mucchio di legna accatastata con cura.

Poi, un attimo prima di girare l'angolo che l'avrebbe portata sul retro della casa, si bloccò, con il fiato improvvisamente corto.

Era lì.

Qualunque cosa la stesse aspettando – intuì – era lì dietro.

Chiuse gli occhi per cercare il coraggio che le sarebbe servito e solo dopo un profondo respiro fece il passo che le mancava.

Non sapeva come, ma riuscì a immaginare quello che si sarebbe trovata davanti un attimo prima di vederlo.

Questo le impedì di crollare per lo spavento.

Jeff Mahler era steso a terra con una profonda ferita alla testa e il sangue aveva reso vermiglio il prato tutt'intorno.

Vicino al corpo, la grossa pietra che l'assassino doveva aver usato per quel gesto scellerato.

Nora prese dalla tasca il cellulare per chiamare i soccorsi e rabbrividì all'idea di dover rimanere lì da sola ad aspettarli.

Cercò di non piangere e di tenersi stabile sulle gambe.

Povero Jeff...

Se solo fosse riuscita ad arrivare qualche minuto prima forse non avrebbe fatto quella fine, si rammaricò.

O forse l'avrebbe fatta anche lei, comprese un attimo dopo. Perché chiunque lo avesse ucciso, probabilmente non si sarebbe creato alcuno scrupolo a riservarle lo stesso trattamento.

Era turbato quando le aveva parlato al telefono, poco più di un'ora prima, e aveva insistito per poter rivelare subito anche a lei chi fosse il diavolo sul quale si erano tanto interrogati.

E ora era morto.

Il che rendeva abbastanza difficile pensare che non ci fosse una qualche connessione tra le due cose.

CAPITOLO TRENTAQUATTRO

E così la scia di sangue che si trascinava dietro da più di trent'anni non era destinata a fermarsi, imprecò mentre tirava fuori il suo whisky preferito dal misero stipetto che aveva la pretesa di somigliare a un vero mobile bar.

In quella lontana sera di agosto la sua vita aveva preso una direzione imprevista e tutto era cambiato, senza che fosse più possibile decidere di tornare indietro.

E ora aveva un nuovo cadavere sulla coscienza...

A potersela permettere una coscienza, si stizzì mentre una smorfia gli saliva alle labbra.

Non sapeva nemmeno chi fosse l'uomo che aveva appena ucciso in quella casa semidiroccata accanto al Seth's Pond.

Si era svegliato all'alba, quella mattina, e aveva deciso di andare a correre per sfogare un po' della sua frustrazione. Continuare a vivere in quello squallore, senza la sua famiglia e le sue comodità, gli risultava ogni giorno più insopportabile.

Mentre era sulla spiaggia si era accorto di essere pedinato da uno strano tipo e dopo aver finto di rientrare in un albergo qualsiasi, lo aveva seguito a sua volta fino alla catapecchia in cui abitava.

Visto il momento delicato in cui si trovava, non poteva lasciare nulla al caso.

Quando però lo aveva affrontato per capire cosa volesse da lui, quell'uomo aveva cominciato a urlare.

«Sei il diavolo!» «Sei tornato per fare ancora del male!» «Non ti lascerò andare via!»

Non sapeva come avesse fatto, ma sembrava conoscere il suo passato e il motivo per cui era tornato a The Vineyard.

Alla fine voleva solo che smettesse di gridare e che non rivelasse ad altri quello che stava dicendo a lui.

Lo aveva colpito con la prima cosa che gli era capitata tra le mani e in un attimo era tutto finito.

La situazione si stava complicando sempre di più, e questo non gli piaceva per niente.

Non era stata una cattiva idea quella di farsi assumere dalla ditta che si era occupata delle pulizie del cottage di Menemsha dopo i lavori di ristrutturazione. A quel punto fare una copia delle chiavi era stato un gioco da ragazzi.

Doveva sapere tutto della figlia di Alma. Per essere sicuro che non ricordasse e per trovare il modo e il momento giusto per farla fuori senza destare sospetti.

Manomettere i freni della Mustang non era servito e forse era un bene. Seguirla in auto mentre tornava a casa dopo essersi divertita a quel party, gli aveva fatto capire quanto la piccola Rowena fosse fragile di nervi.

Quell'instabilità emotiva gli sarebbe tornata utile per mettere in atto il suo piano, si compiacque.

Nessuno avrebbe dubitato che fosse stata la vita infelice di quella povera ragazza a farle desiderare di porre fine a un'esistenza tanto disperata.

CAPITOLO TRENTACINQUE

Avviandosi verso il Seasons Club lungo il vialetto delimitato da rigogliosi cespugli di ortensie in tutte le tonalità dell'azzurro e dell'ametista, Kelly immaginò sua madre, abbronzata e sorridente, mentre giocava su uno dei campi da tennis che da lì poteva vedere.

Ricordava ancora i suoi completi bianchi, con le gonnelline svasate e le *culottes* di pizzo che si intravedevano a ogni volée.

Rideva felice sua madre in quei momenti. Adorava quello sport e aveva una grazia innata nei movimenti.

Comunque, non era per ritrovare quei ricordi che ora era lì, rammentò Kelly a se stessa.

Non ne aveva parlato con Donald quando quella mattina le aveva telefonato per il buongiorno e forse non avrebbe mai raccontato ad altri quella squallida storia, ma aveva bisogno di sapere chi fosse quel tale Sean che aveva scritto lettere tanto appassionate a sua madre e che le aveva fatto perdere la testa al punto di spingerla a tradire suo marito, l'uomo con il quale aveva avuto una figlia e aveva deciso di condividere ogni cosa della sua vita.

L'uomo che l'aveva amata così tanto da non riuscire a vivere senza di lei.

Non avrebbe rivelato a nessuno di quelle lettere, per non sporcare la memoria di sua madre.

Le pesava già abbastanza aver visto andare in frantumi i suoi ricordi.

Erano stati l'unica cosa che l'aveva sostenuta nei momenti più difficili, e ora non sapeva nemmeno più quanto fossero sinceri.

«Posso aiutarla?»

Vedendola aggirarsi confusa nei corridoi del Circolo, un inserviente le si era fatto incontro.

«Ho un appuntamento con il direttore.»

Aveva telefonato a Russel Crayton poco più di un'ora prima e quando gli aveva spiegato di che tipo di informazioni avesse bisogno, il direttore del Seasons Club si era detto disponibile a incontrarla quella mattina stessa.

«L'ho visto vicino alla biblioteca pochi minuti fa. L'accompagno.»

Passarono davanti al ristorante, alla palestra, al piccolo corridoio dalla volta a botte che conduceva verso la zona Wellness.

Era tutto così cambiato che faticava a riconoscere quel posto. Eppure c'era stata tante volte con sua madre, quando era bambina.

Oltrepassando il campo di squash, non poté fare a meno di soffermarsi sulle foto che campeggiavano sulla parete, accanto alle coppe e alle medaglie che il Circolo si era guadagnato in varie competizioni.

Con gli occhi Kelly cercò qualche indizio che potesse risalire agli anni che a lei interessavano.

Forse tra i tennisti ritratti c'era l'amante di sua madre...

«La signorina Scott?»

Il direttore del Circolo aveva i modi aperti e il fisico atletico che ci si aspettava da qualcuno che ricoprisse il suo ruolo.

«Grazie per avermi ricevuto con così poco preavviso, signor Crayton. Probabilmente la mia richiesta le sarà apparsa piuttosto insolita.»

«Meno di quelle che mi vengono rivolte quotidianamente da qualche socio.» Sorrise mostrando con orgoglio l'ottimo lavoro del suo dentista. «Venga, andiamo nel mio ufficio.»

Percorrendo un corridoio defilato dal resto della struttura, raggiunsero una stanza molto luminosa con un'elegante scrivania in mogano e una finestra che si apriva sul giardino del Circolo con una meravigliosa vista.

«Al telefono mi diceva che il torneo che le interessa si è tenuto qui da noi nel 1983.»

«Si tratta di un singolo che si è svolto il 12 febbraio. Il tennista credo si chiamasse Sean. A quei tempi ero solo una bambina e non ricordo il cognome. So che ha perso la partita.»

Il signor Crayton aveva già fatto portare dei voluminosi annuari rilegati in pelle e cominciò a sfogliarli.

«Mi dispiace per questo disturbo, ma vorrei rintracciare un amico di famiglia» mentì Kelly.

«Allora... 12 febbraio 1983...» Il direttore continuò a scorrere con il dito sulle pagine dell'annuario. «Ecco qui. Quel giorno si giocavano le semifinali e... Sean Walker. Dev'essere lui la persona che sta cercando.»

«Certo. Come ho fatto a non ricordare? Walker. Era questo il cognome di Sean.»

Russel Crayton fece una smorfia prima di aggiungere: «È strano che abbia perso quell'incontro. Sean era molto forte. Prima di diventare socio del Circolo è stato uno dei nostri maestri di tennis più richiesti.»

Senza tradire la sua inquietudine, Kelly guardò la foto che il direttore del Seasons Club le stava mostrando.

Sean Walker era un ragazzone abbronzato, con i capelli biondi e il fisico aitante. In quell'immagine la lunga frangia gli cadeva disordinatamente sulla fronte. Sorrideva e aveva la racchetta in mano.

Era talmente bello che non era difficile capire perché come maestro di tennis fosse tanto richiesto dalle socie del Circolo.

Possibile che anche sua madre avesse perso la testa per lui come una donnetta qualunque?

«Quindi ora è uno dei vostri soci.»

Cercò di spingere il signor Crayton a dirle qualcosa di più, senza abbandonarsi all'emozione.

«Nel '76 ha sposato Donna Galbraith, me lo ricordo perché siamo stati invitati anche noi alla cerimonia e mia moglie stava per partorire la nostra prima figlia. Un bel salto in avanti per Sean. Dopo il matrimonio non ha avuto più nessun bisogno di fare il maestro di tennis.»

Kelly cavalcò il pizzico di ironia che le era sembrato di percepire. «Papà scherzava sempre sul fatto che ci sapesse fare parecchio con le donne.»

«Se non altro ha scelto bene. Donna Galbraith fa parte di una delle famiglie più in vista qui a The Vineyard.»

Così anche Sean era sposato. E con una donna che poteva garantirgli uno status sociale ben diverso da quello di maestro di tennis.

«È un peccato che non sia arrivata una ventina di minuti fa. Lo avrebbe incrociato. Vuole vendere la sua macchina ed è venuto per mettere un annuncio.»

Kelly sentì una vampata di calore arrossarle il viso e sperò che il suo interlocutore non se ne accorgesse.

«Qui nella bacheca del Circolo?»

«Proprio all'ingresso.»

Qualcuno in paradiso doveva aver deciso di darle una mano. Perché quell'annuncio, dove Sean Walker aveva di sicuro scritto un recapito o un numero di telefono, le rendeva tutto più semplice.

Salutò il signor Crayton con una stretta di mano.

«Mi dispiace averle fatto perdere del tempo prezioso ma... Voglio fare una sorpresa al signor Walker per condividere alcuni ricordi di famiglia e penso che mi metterò presto in contatto con lui.»

Molto prima di quanto avrei potuto sperare, concluse dentro di sé Kelly, soddisfatta, mentre si allontanava.

Perché tutto quello che voleva era guardare in faccia Sean Walker e capire come mai sua madre avesse messo a repentaglio la sua felicità famigliare per un uomo che per il momento non sembrava altro che un arrampicatore sociale.

CAPITOLO TRENTASEI

Mentre si dirigeva in macchina verso Cape Cod, Nora pensò che in fondo era stato un sollievo poter delegare a Judith gran parte del lavoro di quella giornata.

Aveva passato le prime ore della mattinata al Dipartimento di Polizia di West Tisbury per rilasciare la sua dichiarazione sul ritrovamento del corpo di Jeff Mahler e si sentiva così frastornata che era contenta di non essersi potuta permettere di rimanere a casa a rimuginare su quanto aveva visto.

Ancora non riusciva a rendersi conto di quello che era accaduto a quel pover'uomo.

Le aveva telefonato all'alba per dirle di aver capito chi era il diavolo e poi era morto.

Aveva parlato a lungo con John Riley dell'eventualità che le sue parole sul ritorno del diavolo riguardassero Ralph Bennet, e per il momento avevano deciso di non scartare quell'ipotesi.

Raggiunse Cape Cod che era quasi ora di pranzo e Cassandra Dee l'accolse al The Inn per un aperitivo.

Nonostante fosse un'attrice famosa, Nora scoprì con piacere che aveva i modi diretti di chi non ha nulla da dimostrare. Si era guadagnata il successo con il duro lavoro e non sembrava terrorizzata all'idea di perderlo.

«Mi dispiace non averla potuta incontrare prima» esordì stringendole la mano. «Ma quelle che a tutti sembrano vacanze spesso non sono che tour promozionali per farci fotografare in giro e far sì che gli spettatori non si dimentichino di noi.»

Amava lo stile diretto di quella donna.

I cinquant'anni sembravano averle regalato una nuova leggerezza e aver aggiunto fascino alla sua già indiscussa bellezza.

«E io che avevo paura di disturbare il suo riposo.»

«Riposo...?» Cassandra Dee controllò l'orologio, un magnifico Rolex dall'aria vintage. «Tra una mezz'ora mi raggiungerà il mio nuovo partner nel film che stiamo ancora girando. E 'per caso' un fotografo passerà da queste parti immortalando la nostra fuga romantica.»

L'attrice rise di gusto e Nora si confermò l'istintiva simpatia che provava per lei.

«Ma al telefono mi accennava che voleva parlarmi di questo bracciale, e che si trattava di una cosa importante.»

Sollevò il polso mostrandole il gioiello formato da sottili nastri d'oro, con preziosi rubini incastonati.

Nora sapeva che quello che stava per dirle non era facile e cercò di farlo nel modo migliore, ma senza troppi giri di parole.

«Ho paura che sia stato rubato alla madre di una mia amica.»

La sorpresa che lesse sul volto di Cassandra Dee sembrava sincera.

«Possiedo questo bracciale da tanto tempo. Credo che si stia sbagliando.»

Il sorriso con cui l'aveva accolta era scomparso. Per quanto comprendesse il suo stato d'animo, non poteva tirarsi indietro.

«Vede le iniziali qui sulla chiusura? A. S. Sono le iniziali della madre della mia amica.»

«E le mie. Alina Smith. Cassandra Dee è solo un nome d'arte, anche se da quando ho cominciato a lavorare nel cinema, più di vent'anni fa, tutti mi chiamano così.»

In un attimo Nora valutò le probabilità che due donne potessero possedere lo stesso bracciale – un bracciale non comune – con incise le stesse iniziali.

Per quanto non le facesse piacere, insistette: «A.S. come Alma Sanders. Guardi qui.»

Tirò fuori dagli incartamenti della polizia la foto in cui la madre di Kelly aveva al polso il gioiello che poi le era stato rubato e la mostrò all'attrice. «C'è anche quel piccolo graffio sulla chiusura, vede? L'ho studiato con attenzione e a me sembra lo stesso.»

Probabilmente non avendo altro a disposizione, gli investigatori avevano inserito tra i documenti ufficiali un'immagine di Alma Sanders che sorrideva felice mentre spegneva le candeline per il suo trentasettesimo compleanno.

Cassandra Dee la fissò a lungo.

«Quel bastardo!» tuonò poi.

E Nora comprese che nella sua mente si era appena sciolto il nodo che poteva spiegare quella strana coincidenza.

«Ero agli inizi della mia carriera e avevo molti corteggiatori» iniziò a raccontarle. «Per qualche mese fui la fidanzata di Harry Dubois...»

«Il proprietario della famosa gioielleria sulla Fifth Avenue a New York.»

«Già. È stato lui a regalarmi questo bracciale.» Un sorriso sarcastico le salì alle labbra. «Ricordo ancora le parole che usò per dirmi che aveva fatto incidere le iniziali del mio vero nome perché ciò che amava di me era la donna e non l'attrice.» Scosse la testa incredula. «Quel bastardo...»

«Gli uomini non si risparmiano quando vogliono far colpo su una donna.»

Si allungò per prendere il bicchiere con l'aperitivo analcolico che una delle cameriere le aveva appena portato, ma alcuni fogli contenuti negli incartamenti le scivolarono di mano.

Cassandra Dee la aiutò a raccoglierli e quando le capitò tra le mani una foto della scena del crimine scattata all'epoca dagli investigatori, Nora la vide impallidire di colpo.

«Mi spiace. Non avrei voluto che vedesse.»

«La madre della sua amica è stata assassinata.»

Nora annuì. «E il furto di questo bracciale è il movente dell'omicidio.»

«Cassandra...»

Un affascinante uomo dai capelli brizzolati e dagli occhi più azzurri che avesse mai visto si era materializzato alle loro spalle. Nora riconobbe l'attore Hugh Davis.

Si alzò per lasciare l'attrice ai suoi impegni.

«Grazie per avermi dedicato un po' del suo tempo. Le informazioni che mi ha dato sono importantissime.»

Si era già allontanata di qualche passo, quando Cassandra Dee la raggiunse e si sfilò il bracciale dal polso per darglielo.

«Questo è della sua amica. Mi dispiace molto non aver saputo...»

Il cellulare di Nora prese a squillare non appena ebbe lasciato il The Inn. Riconobbe sul display il nome di John Riley.

«Come stai?» le chiese subito, sentendo la sua voce.

«Continuo a domandarmi se le cose non sarebbero andate diversamente se stamattina fossi arrivata un po' prima da Mahler.»

«Sono stato tanti anni in polizia e, puoi credermi, l'unica differenza sarebbe stata che qualcun altro avrebbe trovato due cadaveri invece di uno.»

«Saputo qualcosa di Bennet?»

«Stanotte verso le tre è stato arrestato dai miei colleghi della contea di Dukes per guida in stato di ebbrezza. E lo hanno rilasciato solo verso mezzogiorno.»

«Questo significa che non può essere stato lui a uccidere Mahler.»

«Ho controllato, come mi hai chiesto, ma per ora non c'è nessun elemento che colleghi Mahler e Bennet. La nostra ipotesi non sembra trovare riscontri. Anche se devo dirti che questa storia del diavolo mi sembra piuttosto stravagante. Quell'uomo non si era mai ripreso dalla morte della moglie e della figlia e forse dovremmo prendere in considerazione l'idea che non ci stesse più con la testa.»

Non poteva parlargli del messaggio di Joe, né di quelli della moglie di Mahler. Non voleva che la sua credibilità agli occhi di John Riley crollasse in un secondo.

«Com'è andato il tuo incontro con Cassandra Dee?» le chiese poi.

«Avevo ragione. Il bracciale era quello di Alma Sanders.»

«Sei incredibile. Se mai dovessi decidere di aprire un'agenzia investigativa, giuro che ti assumerei.»

«E ho un'altra traccia da seguire per capire come il bracciale sia arrivato da Alma Sanders a Cassandra Dee.»

«Pensi di riuscire a trovare la prova della colpevolezza di Bennet che all'epoca non abbiamo trovato?»

«Sarebbe piuttosto inutile visto che non potrebbe essere giudicato due volte per lo stesso reato. Credo però che a Kelly non dispiacerebbe sapere cosa ne è stato di quel bracciale in tutti questi anni.»

E chissà che effetto le farà averlo di nuovo in mano dopo tutto questo tempo, non poté fare a meno di chiedersi, soddisfatta, chiudendo la conversazione telefonica.

CAPITOLO TRENTASETTE

Quando entrò nel bar di Edgartown in cui aveva appuntamento con Sean Walker, Kelly avvertì una sensazione di gelo che non era legata solo a come si sentiva in quel momento.

L'unico obiettivo di chi aveva arredato quel locale doveva essere stato quello di dichiarare l'esclusività del posto. E allora poco contavano il bancone di marmo bianco, le pareti di diverse tonalità di grigio, i faretti incassati nel pavimento e i divani in pelle che creavano angoli di conversazione appartati e discreti. Perché l'eleganza non ripagava della freddezza che tutto quel lusso trasmetteva.

Dimmi che luogo frequenti e ti dirò chi sei, non poté fare a meno di pensare, visto che era stato Sean Walker a decidere di incontrarla lì.

Si guardò intorno cercando di riconoscere tra i clienti del bar l'uomo di mezz'età che doveva essere diventato, con una trentina di anni in più sulle spalle rispetto al giovane maestro di tennis che aveva visto sull'annuario del Circolo.

Ci sono persone alle quali i segni del tempo donano

armonia e grazia, pensò. E altre che gli anni rendono più ruvide.

A quale delle due schiere apparteneva Sean Walker?

E poi lo vide, seduto a uno dei tavoli vicino alla finestra. Elegante, abbronzato e con il fisico di chi si dedica regolarmente a qualche attività sportiva.

Non le ci volle molto per comprendere che lui faceva parte della seconda schiera, perché il tempo aveva lasciato inalterato il suo fascino, ma lo aveva reso più inespressivo.

Lo raggiunse e appena fu abbastanza vicina gli allungò la mano per salutarlo. «Buongiorno, signor Walker.»

«Kelly Scott, immagino. Cosa posso offrirle?»

«Un tè andrà bene. Grazie.»

Dopo aver preso le loro ordinazioni, la cameriera si allontanò e Sean Walker tornò a rivolgersi a lei.

«Al telefono mi ha detto che era interessata alla mia Dodge. Immagino che abbia letto l'annuncio al Seasons Club. È un affare. Ci ho fatto appena trentamila chilometri, la vendo solo perché ho deciso di comprare il nuovo modello che è appena uscito.»

Kelly fece un profondo sospiro prima di confessare: «Mi dispiace, signor Walker. Al telefono le ho mentito. Non avrei dovuto, ma non sapevo in che altro modo chiederle di incontrarci.»

L'espressione dell'uomo era perplessa. «Se non è interessata alla mia macchina, perché voleva vedermi?»

«Sono la figlia di Alma Sanders.»

Sean Walker ebbe bisogno di tempo per ritrovare il piglio sicuro di pochi istanti prima. «Mi sembra di ricordare che fosse una socia del Seasons tanti anni fa.»

«So che eravate amanti. Ho trovato le sue lettere.»

«Che cosa vuole da me?» Sean Walker si guardò intorno, come a sincerarsi che nessuno potesse udire la loro conversazione. «Alma era una donna bella e intelligente. Ma quello che c'è stato tra noi non è stato che una breve parentesi.»

«Forse per lei era qualcosa di più. Aveva un marito e una figlia. Non credo che avrebbe messo a repentaglio la serenità della nostra famiglia solo per una 'breve parentesi'.»

Kelly si rese conto di aver alzato la voce e se ne dispiacque. Non amava perdere il controllo, né fare scenate in pubblico.

Si sforzò di essere più pacata mentre aggiungeva: «Le ho chiesto di incontrarci perché volevo capire come mai avesse pensato di poter essere più felice con lei che con mio padre.»

Sean Walker rimase in silenzio, ma non abbassò lo sguardo. Se c'era una cosa che sembrava aver imparato bene dal mondo in cui si era intrufolato grazie al giusto matrimonio era l'altezzosità di chi può permettersi di non scendere a compromessi con la vita.

Come aveva fatto sua madre a innamorarsi di un uomo così, che non sembrava interessato che alle apparenze? Lei era una donna piena di fascino e di voglia di vivere, con una spiccata inclinazione artistica.

«Non posso dire che io e Alma non abbiamo passato dei bei momenti insieme e che quello che le è successo non mi sia dispiaciuto» disse infine Sean Walker. «Ma sono passati tanti anni. E io sono un uomo sposato. Non voglio turbare i miei equilibri familiari per qualcosa che non c'è più.»

Era questa la sua preoccupazione, comprese Kelly. Non avere problemi con sua moglie e, soprattutto, non mettere a rischio la vita agiata che lei poteva offrirgli.

«Avrebbe dovuto preoccuparsi trent'anni fa di non turbare i suoi equilibri familiari.»

«Io e Alma eravamo due persone adulte. Nessuno ha costretto nessuno.»

Era irritata e decise di non fare nulla per nasconderlo.

«Mio padre adorava mia madre. Ringrazio solo che non abbia saputo niente prima di morire.»

Sean Walker tacque per un lungo momento prima di dire: «Quando la nostra storia è iniziata, non immaginavo che Alma fosse sposata.»

Già. Suo padre lavorava molto tra New York e Boston in quegli anni e non era quasi mai a The Vineyard. Portava avanti l'azienda di famiglia che sua madre aveva ereditato. Forse davvero Sean Walker ne ignorava l'esistenza. Ma questo lo rendeva migliore? Di sicuro non aveva mai pensato di lasciare sua moglie.

Quando il cameriere arrivò con il suo tè, Kelly era già in piedi.

«Mi scuserà se non mi fermo a berlo con lei. Volevo solo conoscerla e so già tutto quello che avevo bisogno di sapere.»

Mentre usciva dal locale, Sean Walker rimase a osservarla con sguardo torvo dal suo tavolo.

Il fatto che la figlia di Alma fosse a conoscenza della storia che c'era stata tra loro trent'anni prima complicava le cose, pensò. E non di poco.

Doveva continuare a tenerla d'occhio, si disse. Per essere sicuro che non provocasse nella sua vita più problemi di quanti sua madre avesse già rischiato di crearne in passato.

CAPITOLO TRENTOTTO

Nora bevve in un sorso il caffè che si era appena versata e sistemò sul piano di lavoro tutto quello che le sarebbe servito per cucinare la Parmigiana di melanzane che aveva deciso di preparare per cena.

Aveva pensato che sarebbe stato un ottimo modo per accogliere le socie dell'appena formato Quilting Club di Oak Bluffs, che sarebbero arrivate da lei verso le otto.

Durante la serata avrebbero organizzato uno stand di beneficenza per la fiera di Edgartown e cominciato a progettare i *quilt* che avrebbero messo in vendita in quell'occasione.

Sarebbe stata la sua prima volta con quell'antica e preziosa arte, ma avrebbe avuto la supervisione di amiche che erano delle professioniste del patchwork e questo la incoraggiò.

Aveva già scelto le stoffe che avrebbe usato per il copriletto e un po' l'intrigava l'idea di riprendere in mano ago e filo per assemblare quei tessuti.

Mise sul fuoco la passata di pomodoro, poi tirò fuori dal frigo le melanzane che aveva comprato al Farmer's Market e dopo averle lavate, le tagliò a fettine abbastanza sottili. Le infarinò e quando l'olio nella padella fu abbastanza caldo, cominciò a friggerle.

Il bracciale di Alma Sanders era in bella vista su un mobile lì accanto e Nora si ripropose di portarlo a Kelly il giorno dopo. Non sapeva a che ora sarebbe rientrata, e non era argomento di cui potesse parlarle al telefono.

Quell'oggetto era un prezioso ricordo di sua madre, ma anche il motivo per cui era stata uccisa.

Nonostante avesse continuato a sostenere di non averlo rubato, Bennet era stato a casa Sanders quella sera. Gli inquirenti erano convinti che ci fosse andato senza il bracciale e che avesse cercato di convincere Alma Sanders a non denunciarlo.

Alla sua risposta negativa era seguito un acceso diverbio, che si era concluso con l'omicidio.

Quella ricostruzione sembrava non fare una piega, pensò Nora mentre ancora friggeva le sue melanzane.

Ma...

Rimanevano il disagio che provava ogni volta che entrava nel cottage di Menemsha, e il nome di Rowena apparso sullo specchio. E c'erano i messaggi di Joe e della moglie di Jeff Mahler. E Bennet che era tornato a The Vineyard.

I pezzi del suo puzzle continuavano a beffarsi di lei.

Avrebbe voluto asciugare le melanzane ormai pronte dall'olio in eccesso, ma si accorse di aver dimenticato la carta da cucina nel sacchetto della spesa. Mentre si allungava per prenderla, fece inavvertitamente cadere l'agenda che aveva lasciato sulla sedia dopo aver verificato i suoi appuntamenti per il giorno dopo.

«Sono proprio una sbadata...» sospirò raccogliendo biglietti da visita e foglietti vari che si erano sparsi sul pavimento.

Si commosse quando si ritrovò tra le mani la foto in cui Steve le sorrideva infreddolito su una spiaggia di Chatam.

Una bellissima gita che si erano concessi per la festa del Ringraziamento.

Erano stati felici insieme. Ma poi lei aveva deciso di mettere fine al loro rapporto.

Forse era stata una sciocca a rinunciare a Steve, alla tenerezza, al piacere di stare in sua compagnia, ai loro programmi per il futuro.

Ma il fatto di non essere pronta a condividere con lui una parte tanto importante della sua vita doveva pur significare qualcosa.

Risistemò nell'agenda la fotografia, insieme ai fogli che aveva raccolto da terra.

Anche se aveva il cuore in affanno, avrebbe continuato a preparare la cena per le socie del Quilting Club come si era proposta. Dopo aver finito di friggere tutte le melanzane, le avrebbe disposte a strati su una pirofila alternandole con la passata di pomodoro, il parmigiano e la mozzarella. E infine le avrebbe infilate nel forno.

A dispetto di tutto, avrebbe cucinato la migliore Parmigiana della sua vita.

CAPITOLO TRENTANOVE

Sapeva già che il sonno avrebbe tardato ad arrivare quella sera. Perché l'incontro con Sean Walker non le aveva lasciato che amarezza.

Quell'uomo era ancora dotato di grande fascino, ma cosa poteva aver avuto da spartire sua madre con un tipo così?

O forse lei non era come l'aveva pensata per tanti anni.

Forse non la portava a dipingere sulla spiaggia nei giorni di festa, né le leggeva una storia ogni sera per farla addormentare. E aveva solo immaginato i dolci che preparavano insieme, le gare a far volare l'aquilone, l'allegria dei bagni e dei picnic sulla spiaggia.

Aveva inventato tutto per arginare il dolore.

No. Fermati qui, si impose.

Allontanò da sé l'immagine di sua madre e del suo amante e smise di mettere in discussione i suoi ricordi.

Donald le telefonò verso le sette come faceva tutte le sere e la informò che un'importante galleria d'arte di Roma aveva deciso di organizzare una mostra con le sue sculture nel periodo di Natale.

Sarebbe stata un'ottima occasione per il suo lavoro, sottolineò soddisfatto. E l'Italia era splendida da visitare in quei giorni.

Nonostante il suo umore fosse sotto i tacchi, Kelly fece il possibile per mostrare l'entusiasmo che la situazione richiedeva.

Anche se non si sentiva felice come avrebbe dovuto, non aveva voglia di spiegarne il perché, o di raccontare a Donald di sua madre e del suo amante.

Dopo aver riattaccato il telefono, decise di prepararsi un paio di sandwich e venendo meno ai suoi propositi aprì una bottiglia di vino bianco. Forse avrebbe finito per berne qualche bicchiere di troppo, ma sapeva che se non si fosse liberata dall'ansia che l'attanagliava sarebbe rimasta sveglia tutta la notte.

Portò la bottiglia con sé nella stanza che aveva adibito a studio e lavorò alle sue sculture fino a sentirsi così esausta da non desiderare che di chiudere gli occhi.

Merito della stanchezza o dei bicchieri di vino in più, verso le due riuscì ad addormentarsi.

Subito però il suo sonno si popolò di incubi.

Un uomo di cui non vedeva il volto la inseguiva e lei cercava inutilmente di sfuggirgli.

Mentre correva, le sue gambe diventavano così pesanti da non poterle più muovere.

Scappa, Rowena! Scappa!

Anche nel sogno riconobbe la voce di sua madre.

Perché era così agitata?

Non fece in tempo a darsi una risposta perché si rese conto di non riuscire a respirare.

«Scappa, Rowena! Scappa!»

Era sveglia ora, ma continuava ad annaspare nella vana ricerca d'aria.

Aprì gli occhi e si rese conto che la stanza era piena di fumo e che un calore intenso la avvolgeva.

Qualcosa stava andando a fuoco. Doveva correre via da lì. Subito.

Afferrò il plaid che teneva sul letto, lo inumidì in bagno e se lo mise addosso per proteggersi dalle fiamme. Mentre cercava di raggiungere la porta d'ingresso, inciampò in qualcosa ma si rialzò in fretta.

Il fuoco lambiva lo studio e c'era tanto fumo.

Sentiva bruciare ogni centimetro della sua pelle. E faticava a respirare.

Raggiunse finalmente la porta d'ingresso ma la speranza di farcela si dissolse quando si rese conto che era bloccata e che le chiavi non erano nella serratura dove lei le lasciava ogni sera. Le cercò a tastoni sul pavimento senza trovarle.

E ora come poteva uscire da quell'inferno?

La grande finestra del salone aveva vetri rinforzati, per evitare incidenti banali con lastre tanto grandi.

Poi nel fumo acre che ormai avvolgeva ogni cosa, intravide la scultura che aveva sistemato accanto al divano. Una grossa pietra solo parzialmente scolpita, così pesante che faticò a sollevarla.

Quando riuscì a farlo, la scaraventò contro il vetro con tutta la forza che aveva.

Chiuse gli occhi e quando li riaprì, si rese conto che la pesante scultura aveva aperto una lunga crepa, ma che il vetro era ancora intatto.

Era prigioniera di quella casa e presto le fiamme l'avrebbero sopraffatta.

Il caldo era insopportabile e non riusciva più a tenersi in piedi.

Possibile che fosse arrivato il suo momento e che dovesse morire in modo tanto atroce?

No. Non poteva finire così.

Sentiva le forze scivolare via, ma se voleva vivere non doveva rassegnarsi.

Aiutami, mamma, invocò disperata mentre già i pensieri si offuscavano e le gambe si piegavano, facendola scivolare a terra.

CAPITOLO QUARANTA

Come si era augurata, la Parmigiana di melanzane preparata per l'occasione aveva suscitato commenti deliziati tra le sue ospiti.

La serata era stata piacevole e lavorare al suo primo patchwork in compagnia delle socie del Quilting Club l'aveva rilassata e divertita.

Quando arrivò il momento di andare a dormire era quasi mezzanotte e Nora si abbandonò al sonno senza difficoltà. Ma presto cominciò a sognare.

Spalancò gli occhi e si ritrovò immersa in un'enorme piscina dai riflessi turchesi e cristallini.

La luce era così accecante che vedeva solo la luminosa trasparenza dell'acqua.

Nuotò per un po', una bracciata dopo l'altra, in un silenzio irreale interrotto solo dal lieve sciabordio prodotto dal suo movimento.

Stanca, si fermò per riprendere fiato.

Avrebbe voluto riposarsi ma intorno a lei non c'era che l'infinita distesa d'acqua.

Nuotò ancora, e ancora, finché non si sentì così sfinita da non poter continuare.

Rimase ferma nella trasparenza ora minacciosa che non le offriva alcun punto d'approdo.

Fece qualche altra bracciata, ma comprese che non sarebbe riuscita a resistere a lungo.

Si fermò, annaspò e bevve acqua.

Riemerse e cercò di tenersi a galla, ma annaspò di nuovo. Questa volta bevve di più.

Era così esausta che non chiedeva che di smettere di muoversi e di pensare.

Lasciò che il suo corpo scivolasse verso il fondo e le sembrò di provarne sollievo. Tenne gli occhi aperti e si incantò a seguire quello scintillio d'azzurro finché il petto non le scoppiò per la fame d'aria.

Aveva bisogno di respirare. Doveva tornare a galla. Subito.

Batté forte le gambe e si diede la spinta per risalire.

Cercò di seguire la luce, ma più cercava di raggiungerla e più quella sembrava allontanarsi.

Nora si svegliò di soprassalto dal sogno, ancora senza fiato.

Inspirò ed espirò lentamente. Il sogno era finito eppure ancora sentiva quell'oppressione al petto.

Poi prese a tossire come per un fastidio alla gola.

Decise di alzarsi per andare alla finestra nella speranza che l'aria frizzantina della notte le avrebbe dato un po' di sollievo. E fu allora che lo vide.

Un altro messaggio scritto con le lettere dello Scarabeo.

Non ebbe tempo di lasciar fluire le sue emozioni perché l'ansia prese il sopravvento davanti alle parole che lesse.

SCAPPA... ROWENA...

L'avvertimento di Joe. Il fatto che si fosse svegliata senza riuscire a respirare.

Nora indossò in fretta una tuta da ginnastica e corse fuori di casa.

Era chiaro che se Rowena doveva scappare a quell'ora di notte una grave minaccia incombeva su di lei. E l'unica domanda che riusciva a porsi era: di qualsiasi pericolo si trattasse, sarebbe riuscita ad arrivare in tempo per salvarla?

CAPITOLO QUARANTUNO

Arrivata in macchina davanti al cottage di Menemsha, Nora si fermò perplessa davanti all'elegante costruzione il cui profilo si stagliava nitido nella notte. Tutto, intorno, era immobile e silenzioso.

Possibile che si fosse sbagliata e che per una volta il suo *'dono'* l'avesse ingannata?

Certo non poteva precipitarsi a casa di Kelly, a quell'ora di notte, solo per dirle che uno strano sogno e un messaggio di suo marito morto le avevano fatto temere per lei.

Era ancora indecisa sul da farsi, riluttante ad andarsene, quando si accorse del fumo.

Si precipitò lungo il vialetto e attraverso i vetri vide le fiamme che si sprigionavano all'interno della dependance.

«Kelly! Sono qua, Kelly!» cominciò a gridare.

Provò inutilmente ad aprire la porta d'ingresso, che sembrava bloccata. Poi, facendo il giro della casa, raggiunse la grande vetrata del salone e si accorse che era già incrinata. Oltre il vetro, nel fumo che aveva già invaso la piccola costruzione, intravide una gamba che spuntava da dietro il divano.

Kelly era svenuta. O peggio.

No. Non doveva pensare a quel peggio. Doveva sbrigarsi e fare il possibile per aiutarla, convincendosi di essere ancora in tempo.

Ricordava che Meg le aveva detto di aver scelto un vetro speciale per quelle grandi finestre, ed era evidente che Kelly aveva cercato di romperlo senza riuscirci. E lei, cosa poteva fare?

Nora si guardò intorno, impotente. Poi intravide in un angolo una motosega che doveva essere servita per tagliare la siepe e che qualcuno aveva dimenticato fuori posto.

In silenzio benedì la disattenzione di quel qualcuno e senza pensarci due volte la scagliò contro la finestra, che finalmente finì in frantumi.

Non si curò del rischio di ferirsi con le schegge di vetro, si tolse la felpa e la usò per proteggersi il naso e la bocca dal fumo, mentre già si precipitava dentro.

L'aria era irrespirabile e le bruciava la gola, ma riuscì a raggiungere Kelly.

Era in terra accanto al divano. Provò inutilmente a chiamarla. Forse era solo svenuta, sperò. Ma doveva portarla fuori da lì al più presto, altrimenti sarebbe stato troppo tardi per tutte e due.

Senza curarsi del caldo impossibile e del respiro che si era fatto affannoso la afferrò sotto le braccia e attraverso la finestra la trascinò fuori. Cercò di spostare con i piedi i frammenti di vetro che ricoprivano il pavimento perché non le facessero male, ma qualche piccola ferita sarebbe stato niente rispetto al fatto di salvarle la vita.

Una volta in giardino, respirò a pieni polmoni, affamata d'aria. Poi, esausta si chinò su Kelly per capire come stesse. Il polso era debole e aveva ustioni sulle braccia, ma era viva.

«Cos'è successo alla piccola Rowena?»

L'anziana e distinta signora che era arrivata di corsa dalla strada doveva essere la sua vicina. Era spaventata e sembrava sul punto di piangere.

«Respira appena. Chiami subito un'ambulanza.»

Poi, mentre la donna telefonava con il cellulare, che per fortuna si era portata dietro, Nora ringraziò l'addestramento al primo soccorso che aveva fatto solo un anno prima. Tirò leggermente indietro la testa di Kelly e cominciò a praticarle la respirazione bocca a bocca.

Dai, ragazza, devi farcela, la incoraggiò in silenzio, come se lei potesse davvero sentirla.

CAPITOLO QUARANTADUE

Le luci al neon del corridoio rischiaravano appena l'oscurità della stanza d'ospedale in cui Kelly era stata ricoverata e il silenzio era rotto solo dai segnali sonori dei macchinari che le monitoravano i parametri vitali. Il suo profilo era immobile e osservandone il pallore, Nora ne intravide tutta la fragilità.

Quella ragazza non sembrava destinata che ad attirare guai.

John Riley se n'era andato da poco per raggiungere i suoi colleghi e i vigili del fuoco che erano ancora al lavoro nel cottage di Menemsha, ma lei aveva deciso di rimanere.

Era troppo preoccupata per pensare di potersene tornare a casa a dormire senza sapere come stesse Kelly. E non voleva che svegliandosi si ritrovasse da sola.

Da quando era lì, continuava a tenerle la mano nella speranza che percepisse la sua presenza e si sentisse rassicurata.

Erano arrivate al pronto soccorso un paio d'ore prima e Nora cominciava appena a digerire l'enorme spavento che si era presa. Avevano dovuto medicarle un braccio, che si era ferita con una scheggia di vetro, ma nel complesso stava bene.

Kelly, invece, lottava ancora tra la vita e la morte e i dottori avevano detto che ci sarebbero volute almeno ventiquattr'ore prima di poter sciogliere la prognosi.

Un lieve movimento della mano di Kelly fece voltare Nora appena in tempo per vederla aprire lentamente gli occhi.

Dio sia ringraziato.

«Sei in ospedale. I dottori si stanno prendendo cura di te. Come ti senti?»

«Io...»

La sua voce era poco più di un sospiro e Nora le si avvicinò per non farla affaticare.

«Non ti preoccupare. Presto starai meglio.»

Con le poche energie che aveva, Kelly le strinse la mano.

«Ho sognato mia madre che mi diceva di scappare, per questo mi sono svegliata.»

Nora accennò un sorriso. «Voleva proteggerti.»

«John è stato qui fino a pochi minuti fa. Mi ha detto di abbracciarti da parte sua. Si è tanto agitato, quando ha saputo. Non so proprio come sia potuto accadere» aggiunse poi.

«Qualcuno voleva uccidermi.»

Si rese conto che Kelly si stava agitando e le carezzò i capelli per cercare di calmarla. «Stai tranquilla. John penserà a tutto.»

«Sono contento di vedere che si è svegliata. Come si sente, signorina Scott?»

Il medico si era avvicinato per controllare i suoi parametri vitali e ne prese nota sulla cartella clinica che aveva con sé.

«Io... Sono tanto stanca.»

«Deve riposare. Il suo livello di emoglobina è molto basso e se i valori non si ristabiliscono dovremo pensare a una trasfusione.» Poi si rivolse a Nora. «Le stiamo facendo delle flebo con antibiotici e antidolorifici per aiutarla.»

«Se fosse possibile, vorrei rimanere con lei questa notte.»

«È una buona idea» disse il dottore prima di uscire dalla stanza. «Mando un'infermiera per aprirle il divano letto.»

«Mi dispiace per tutto questo disturbo.» La voce di Kelly era sempre più flebile e si vedeva che faticava a rimanere sveglia.

«Non riuscirei ad andarmene a casa senza poter sapere come stai.»

Kelly, esausta, chiuse di nuovo gli occhi. Nora rimase a guardarla, poi decise che avrebbe telefonato a John Riley.

Dopo avergli detto che finalmente Kelly aveva ripreso conoscenza, gli avrebbe chiesto se sapesse già cosa aveva fatto divampare l'incendio in cui poche ore prima la loro amica aveva corso il rischio di morire.

CAPITOLO QUARANTATRÉ

Il giorno successivo era iniziato sotto un cielo terso e con un sole generoso che accendeva i colori e rallegrava gli animi. I giardini erano in piena fioritura, gli uccelli cinguettavano gioiosi e le spiagge erano a disposizione dei pochi fortunati turisti che sfidavano temperature ancora incerte per evitare il caos che di lì a un paio di settimane sarebbe cominciato con il week end del Labor Day.

Nora rientrò in casa giusto in tempo per una doccia ristoratrice e una colazione leggera. Non aveva dormito molto, quella notte, preoccupata com'era per Kelly, che nel sonno aveva continuato ad agitarsi e a lamentarsi per il dolore. Aveva ustioni di secondo grado in diverse parti del corpo, ma secondo i dottori stava reagendo bene alle cure.

Dopo essersi concessa un paio di fette di pane tostato e una tazza di caffè, Nora riempì di croccantini la ciotola di Dante e salì in camera per vestirsi.

Indossò un tailleur pantaloni color tortora con un paio di scarpe comode e decise che, prima di andare in agenzia a sollevare Judith da tutto il lavoro che in quei giorni aveva lasciato solo sulle sue spalle, avrebbe raggiunto John Riley a casa di Kelly.

Quando quella notte lo aveva chiamato, non aveva ancora molte informazioni da darle, ma le aveva detto che sarebbe tornato a seguire il sopralluogo dei colleghi alle prime ore dell'alba.

Quando fermò la macchina davanti al cottage di Menemsha, mezz'ora più tardi, nonostante fosse preparata, Nora rimase attonita davanti allo spettacolo che si ritrovò davanti.

Le rovine della dependance erano scheletri fumanti e tutt'intorno erano evidenti i segni del pesante intervento dei vigili del fuoco.

Solo pochi metri più in là, il giardino ben curato e la costruzione intatta del cottage stridevano con tanta devastazione.

Raggiunse John Riley e gli allungò uno dei caffè che aveva comprato per loro.

«Almeno Kelly avrà un posto in cui tornare quando uscirà dall'ospedale»

«Se non fossi arrivata tu a tirare fuori dalle fiamme la piccola Rowena...»

«Non ti abituerai mai a chiamarla con il suo nuovo nome.»

Si vedeva che era preoccupato, e poteva capirlo. Aveva vissuto insieme a Kelly bambina il dolore devastante della tragedia che l'aveva travolta, e non doveva essere facile vedere come il destino si accanisse ancora contro di lei.

«Come stava stamattina?»

«Se continuerà a migliorare, stasera i dottori scioglieranno la prognosi.» Nora attese qualche secondo prima di aggiungere: «Ma Kelly è convinta che l'incendio non sia stato un incidente.»

«Pensa che qualcuno abbia cercato di ucciderla?»

Nora annuì con un cenno del capo.

«I tecnici dei vigili del fuoco hanno finito il loro sopralluogo pochi minuti fa. Dicono che ha dimenticato una candela accesa nel suo studio. La fiamma è entrata in contatto con i solventi che usa per il suo lavoro e questo è il risultato» concluse accennando allo scheletro della dependance. «E comunque io stesso stavo sorvegliando Bennet, la scorsa notte. E non è stato lui.»

«Kelly crede che qualcuno abbia bloccato di proposito la serratura dopo aver appiccato l'incendio. Lascia sempre le chiavi inserite prima di andare a dormire e non le ha trovate quando ha cercato di scappare.»

«Sono gesti automatici. Potrebbe averle tolte e non ricordare.»

«Forse quello che le è successo in questi giorni l'ha turbata più di quanto pensassimo...»

John Riley abbassò lo sguardo e Nora comprese quanto gli pesasse quello che stava per dire.

«L'altra notte l'hanno fermata per guida in stato di ebbrezza e ho saputo dai miei colleghi che non è la prima volta. Credo che i suoi problemi con l'alcool non siano cominciati ora. Forse non si è mai davvero ripresa dall'omicidio di sua madre.»

Kelly era giovane, bella e piena di talento.

Questo però non bastava a riempire il vuoto che si portava dentro, considerò Nora.

Sarebbe tornata a trovarla in ospedale dopo aver sbrigato le commissioni che l'attendevano in agenzia e le avrebbe spiegato che l'incendio nel quale aveva corso il rischio di morire non era doloso come lei credeva.

Ma davvero non sapeva se le avrebbe fatto piacere sentirsi dire che nessuno aveva cercato di ucciderla o se sarebbe prevalso il disagio per quella sua fragilità che sembrava farle vedere un nemico dietro ogni angolo.

CAPITOLO QUARANTAQUATTRO

Scappa, Rowena! Scappa!

Sua madre che avrebbe voluto accoglierla tra le sue braccia e piangeva. Il fumo che le impediva di respirare. Il fuoco che le bruciava sulla pelle. E lei che non riusciva a fuggire.

Mamma, ho paura. Fa tanto male.

All'improvviso Kelly riaprì gli occhi e nella penombra riconobbe la stanza d'ospedale in cui era ricoverata.

Era così da quando l'ambulanza l'aveva portata fin lì e i medici l'avevano soccorsa. Ogni volta che si assopiva, risentiva la voce di sua madre e riviveva il suo incubo. Nonostante gli analgesici che continuavano a somministrarle, ogni centimetro del suo corpo era dolente. Ma era viva.

Però se Nora non fosse arrivata in tempo...

Prima che se ne andasse, quella mattina, le aveva chiesto di telefonare a Donald per spiegargli quello che era successo. Faceva ancora troppa fatica a parlare e non voleva che si preoccupasse, non riuscendo a mettersi in contatto con lei.

Aveva avuto paura, tanta paura. Aveva creduto di essere sul punto di morire e tutta la sua vita le era passata davanti agli occhi in un attimo.

Sapeva di non aver pensato a Donald, in quell'attimo, ma non voleva preoccuparsi di questo ora che la testa era pesante e dolente.

Si abbandonò alla stanchezza e stava per riassopirsi, quando avvertì come un fruscio a pochi passi da lei. Voltò appena la testa nella direzione da cui il rumore sembrava provenire, credendo che si trattasse di un'infermiera entrata per cambiarle la flebo.

Non era pronta allo sguardo torvo che si ritrovò davanti e che di colpo la risvegliò dal torpore. Anche nella penombra della stanza non avrebbe potuto non riconoscere quello sguardo.

Ralph Bennet era lì, a pochi centimetri da lei, che era immobilizzata nel letto e non sarebbe mai riuscita a scappare.

Terrorizzata, provò a chiedere aiuto, ma dalla bocca le uscì solo un suono roco.

La gola ancora le bruciava per il fumo che aveva respirato e la voce era fioca.

Bennet era lì per finire il suo lavoro? Voleva toglierla di mezzo una volta per tutte?

Allungò la mano verso il campanello sul comodino per chiamare l'infermiera ma lui gliela bloccò.

«Devi smetterla di rovinarmi la vita» le ringhiò contro. «Per colpa tua la polizia mi sta addosso. Ma non riuscirai a mandarmi di nuovo in prigione.»

Poi Bennet allentò la presa e, silenziosamente come era entrato, uscì dalla stanza.

Era salva. Aveva avuto tanta paura, ma lui non le aveva fatto niente. Sentì la tensione sciogliersi e gli occhi riempirsi di lacrime.

«Posso?»

Voltò la testa e si accorse di Adam, incerto sulla porta, con in mano un meraviglioso mazzo di fiori.

Si asciugò gli occhi con il dorso della mano, sperando non si accorgesse che aveva pianto, e gli fece cenno di sì.

«Arrivo subito.» Adam scomparve di nuovo e riapparve pochi minuti dopo con un vaso in cui sistemò i fiori che le aveva portato. «Le infermiere sono molto sensibili a questo tipo di emergenze.»

Quindi le sorrise e le si sedette accanto. «Hanno detto che posso rimanere per qualche minuto, ma solo se non sei troppo stanca.»

«Non sono troppo stanca» gli sussurrò con voce flebile.

Le prese la mano tra le sue. «Ci hai fatto prendere un bello spavento.»

Era davvero turbato e per la prima volta Kelly lo vide con occhi diversi.

Avrebbe potuto dirgli di Bennet e di tutte le sue paure, ma ci sarebbero state altre occasioni.

Ora lui era lì e per il tempo che le sarebbe rimasto accanto si sarebbe sentita al sicuro.

CAPITOLO QUARANTACINQUE

La composizione di narcisi, viole e rose ben si armonizzava con il raffinato servizio di piatti di Richard Ginori e richiamava i delicati motivi floreali della tovaglia di lino bianco.

Non importava che la tavola fosse apparecchiata solo per due e che fosse solo un giorno come tanti altri. Ogni dettaglio era stato scelto con cura, che si trattasse dei piattini d'argento per il pane, dell'antica oliera in Sheffield o dei bicchieri di cristallo.

Ma non c'era da meravigliarsi, pensò Sean Walker versandosi un bicchiere di Scotch. Non c'era bisogno di occasioni speciali per cenare in pompa magna, a casa sua. Ogni singolo minuto della loro vita doveva essere speciale, perché 'loro' erano speciali. O almeno sua moglie faceva il possibile per ricordarlo a tutti.

«Cominci già a bere? Se non altro di solito aspetti di aver cenato.»

Non aveva sentito Donna entrare in sala da pranzo, ma gli bastò il suo tono di voce per comprendere che qualcosa non era andato per il verso giusto. Sapeva riconoscere da un niente le minime declinazioni dell'umore di sua moglie e dopo tanti anni di matrimonio aveva elaborato efficaci strategie per compiacerla e non essere travolto dai suoi malumori.

«Ho bisogno di rilassarmi. Ho avuto una giornata pesante» le rispose senza voltarsi.

Non la vide, ma immaginò la sua espressione sprezzante mentre gli diceva: «Troppo sole o troppe partite a tennis?»

Sean Walker bevve un altro sorso di whisky per avere la forza di non replicare. Contrariarla era l'ultima delle carte che poteva giocarsi.

«Ti preparo un Martini?» le propose invece.

«Grazie. Credo di averne bisogno anch'io.»

Donna Galbraith si avvicinò al mobile bar per prendere il bicchiere che suo marito le aveva preparato. «Mi hanno detto che una certa Kelly Scott ti ha cercato al Circolo ieri.»

Avrebbe dovuto saperlo. Quell'isola aveva occhi e orecchie ovunque, soprattutto se l'argomento di conversazione riguardava la famiglia Galbraith.

«Voleva informazioni sulla macchina che devo vendere.»

Mentì e si illuse di averlo fatto al meglio. Anni e anni di allenamento lo avevano reso abile nel mentire.

«Spero che tu non abbia creduto a questa fesseria.»

Fu colto di sorpresa dal sarcasmo di sua moglie. Cosa che le diede modo di continuare a infierire.

«Guarda caso questa Kelly Scott abita nel cottage di Alma Sanders, e le somiglia anche molto» concluse Donna Galbraith dopo un attimo.

Poi rimase a osservarlo con quel misto di soddisfazione e di disgusto con cui si guarda il topo che si è appena preso in trappola.

Avrebbe dovuto immaginarlo che non si sarebbe accontentata di sapere che qualcuno aveva preso informazioni su di lui al Seasons Club. Donna amava controllare tutto ed era circondata da amici o pseudo-amici disposti a qualsiasi cosa pur di compiacerla.

Svuotò in un sorso il whisky che si era versato per poi riempire di nuovo il bicchiere.

«Quando mi ha chiesto un appuntamento, non sapevo che fosse figlia di Alma.»

E su questo nessuno avrebbe potuto smentirlo, pensò.

«Voleva parlare di sua madre e cercava qualcuno che la conoscesse. Povera ragazza, dopo quello che ha passato» concluse poi con espressione serafica.

«Vuoi dirmi che non sa che eri l'amante di Alma?»

Donna aveva un modo tutto suo di rendersi odiosa e quella doveva esserle sembrata una ghiottissima occasione.

«Sono passati tanti anni.»

E già mentre finiva di parlare, comprese che neanche quel nuovo bicchiere di whisky gli sarebbe bastato per rendere più sopportabile la sua serata.

Donna Galbraith seguì con lo sguardo la domestica, entrata per portare in tavola l'arrosto che le aveva fatto preparare per cena. Aspettò che uscisse dalla sala da pranzo prima di concludere il suo discorso.

«Non sopporto che si facciano chiacchiere su di me. Così come non mi è mai piaciuto condividere con qualcun altro le cose che mi appartengono. Ormai dovresti saperlo.»

Certo che lo sapeva, pensò Sean Walker senza aggiungere una parola. Per questo trent'anni prima aveva troncato la sua relazione con Alma. Perché altrimenti sua moglie, che aveva scoperto tutto, lo avrebbe lasciato e in un attimo avrebbe perso quello che il matrimonio con lei gli aveva garantito.

Diventare il marito di Donna Galbraith gli aveva permesso di non essere più il maestro di tennis che doveva ingraziarsi la simpatia delle signore del Circolo per riuscire a mettere insieme un ridicolo stipendio a fine mese.

Era entrato a far parte di quel mondo dorato dalla porta principale. Anche se allora non poteva immaginare quanto gli sarebbe costato.

Troncare con Alma non era stato facile come credeva. Lei lo aveva amato davvero prima di arrivare a disprezzarlo con tutta se stessa.

Certo che, se la piccola Rowena ora avesse cercato di rompergli le uova nel paniere, avrebbe dovuto trovare un modo per rendere innocua anche lei, come aveva già fatto con sua madre.

CAPITOLO QUARANTASEI

«*ADHO MUKHA SVANASANA*. POSIZIONE DEL CANE CHE guarda in basso.»

La voce suadente di Karen invitò le allieve a cambiare *asana*.

Nora poggiò i palmi delle mani in terra e spostò il peso sulle braccia, spingendo i talloni verso il basso. Assecondò la forza di gravità, senza forzare, lasciando che i muscoli si allungassero. Gli occhi chiusi e i pensieri fluidi.

Erano incredibili i benefici che il tempo dedicato allo yoga le procurava, riuscendo a farla sentire più 'allineata', nel corpo e nello spirito.

«*Ardha Chandrana*. Mezzaluna.»

Karen le passò accanto, le sfiorò appena la schiena per invitarla ad ammorbidirla di più e Nora cercò di concentrarsi meglio perché – si rese conto – quel giorno faticava a tenere sgombra la mente.

«*Vrikshasana*. Posizione dell'albero.»

Poggiò il piede sopra il ginocchio dell'altra gamba e unì i palmi delle mani davanti al petto. Quindi si concentrò su un punto lontano che presto le sembrò l'inarrivabile verità che stava cercando. L'immagine completa del puzzle che ancora non vedeva.

Sarebbe mai riuscita a trasformarla in qualcosa di più definito?

Riuscì a mantenere l'equilibrio finché Karen non permise loro di cambiare gamba e poi si sdraiò per il momento dedicato alla meditazione.

Un'ora più tardi, con i muscoli del collo meno tesi e la mente più leggera, si affacciò nella stanza in cui Kelly era ricoverata e rimase sorpresa nel vederla in compagnia di un uomo che le stringeva le mani, guardandola con tenerezza.

«Vieni, Nora. Ti presento Donald, Donald Parker.»

La sua voce era ancora flebile, ma sembrava molto migliorata dal giorno prima.

«Certo. Ci siamo parlati per telefono. Come sta, signor Parker?»

Nora lo salutò con un sorriso, notando i modi affettati che poco sembravano accordarsi con quelli informali di Kelly.

«Donald è arrivato un paio di ore fa da New York.»

Guardandola, Nora comprese che si sentiva a disagio e temette che la sua presenza fosse inopportuna. Sistemò i cioccolatini che le aveva portato sul tavolo, accanto a un magnifico bouquet di fiori.

«Sono passata al Chilmark Chocolates e ti ho fatto preparare i Tashmoo Truffle. Se non ricordo male una volta mi hai detto che sono i tuoi preferiti.» Quindi lanciò uno sguardo colpevole a Donald. «Ma adesso vi lascio un po' soli. Ripasso più tardi.»

«Non si preoccupi, signora Cooper. Mentre fa compagnia a Kelly, ne approfitto per scendere al bar a prendere un caffè.»

Dopo aver preso la giacca e baciato la sua fidanzata sulla fronte, uscì dalla stanza.

Avvicinandosi per sedersi accanto a lei, Nora pensò che

Kelly era ancora molto pallida ma che per fortuna le sue condizioni miglioravano di giorno in giorno.

«Grazie per i cioccolatini. È stato un bellissimo pensiero.»

«Niente che possa competere con il magnifico bouquet di fiori che ti ha portato il tuo fidanzato.»

«Non è stato Donald a portarli» la corresse Kelly con evidente imbarazzo. «Non credevo che si sarebbe precipitato qui dopo aver saputo dell'incidente. Avrei voluto parlargli prima che venisse.»

Non sembrava una ragazza che si muovesse in modo spigliato nelle questioni di cuore.

«Appena sarai fuori da qui, lo farai. Ora devi stare tranquilla e recuperare le forze.»

«Mi sento ancora tanto stanca...»

«Non so se è il momento giusto ma...» Nora tirò fuori il bracciale dalla borsa e glielo porse. «Sono venuta per portarti questo.»

L'espressione di Kelly era incredula e commossa.

«Il bracciale di mia madre.» Lo tenne stretto tra le mani come il più prezioso dei tesori. «Dove lo hai trovato?»

«Ho visto in una foto che Cassandra Dee lo aveva al polso. Quando ne ha conosciuto la storia, ha pensato che dovessi riaverlo tu.»

«Apprezzo molto il suo gesto. Appena mi sentirò meglio la chiamerò per dirglielo.»

«Intanto io farò un salto dal gioielliere che glielo ha regalato. Non so se questo chiarirà altre cose, ma vale la pena tentare.»

Kelly la ringraziò. Poi rimase qualche istante in silenzio prima di chiederle: «John ti ha detto qualcosa sull'incendio? Sanno già chi può essere stato?»

«I tecnici dei vigili del fuoco hanno appurato che non è doloso.» Aveva paura di ferirla, ma non poteva tacere. «Devi esserti dimenticata una candela accesa nello studio. E i solventi che usi per lavorare hanno fatto il resto.»

L'espressione di Kelly si incupì. «Mi piacciono le candele e casa mia ne è piena, ma non ne ho accesa nessuna l'altra sera.»

«Tante volte facciamo dei gesti in modo automatico, senza rendercene conto. Mi capita spessissimo di tornare indietro perché non mi ricordo se ho chiuso il gas prima di uscire.»

«Può succedere. Ma non è successo a me. Non in questo caso.»

Nora rimase in silenzio e Kelly la osservò a lungo prima di dire: «Pensate che io sia una visionaria e che veda nemici anche dove non ci sono.»

Era sul punto di piangere. E Nora avrebbe voluto punirsi per averla fatta sentire così.

Si avvicinò per prenderle la mano tra le sue. «Mi dispiace. Io e John ti vogliamo bene. Le cose non sono andate come avrebbero dovuto, da quando sei tornata. Hai tutti i motivi per essere scossa. Però le cose si sistemeranno. Ne sono sicura.»

Era una speranza più che una certezza, ma non sarebbe stata lì a disquisire sulla differenza. Quella ragazza meritava molto più di ciò che la vita le aveva offerto fino a quel momento.

Solo allora, approfittando del suo silenzio, Kelly le rivelò: «Bennet è tornato. Ieri sera era qui, nella mia stanza.»

«Oh, Kelly. Perché non hai chiamato me o Riley?»

«Adam... Adam Beltz è venuto a trovarmi. Ed è rimasto per tutto il tempo che serviva perché mi tranquillizzassi.»

E finalmente Nora vide la lucina che mai aveva visto prima nello sguardo di Kelly. La lucina che si accese mentre parlava del proprietario del Samsara.

Comprese che ci sarebbero state altre occasioni per affrontare quell'argomento.

«Che cosa voleva Bennet?» le chiese invece.

«Era arrabbiato con me e ha insistito perché lo lasciassi stare. Ero sola, bloccata su questo letto, ma se n'è andato subito. Non credo che avesse intenzione di farmi del male.»

«Tutto quello che voleva era dire – lui a te – che devi lasciarlo in pace?»

Kelly annuì in silenzio.

E se Bennet fosse stato sincero quando diceva di non voler più essere perseguitato?, non poté fare a meno di chiedersi Nora, sicura che anche la sua amica stesse pensando la stessa cosa.

Era solo perché ormai aveva pagato il suo debito con la giustizia che si sentiva così o era convinto di averlo pagato ingiustamente per una colpa non sua?, fu la domanda successiva che non poté non porsi, sapendo che questo avrebbe rimesso molte carte in tavola.

CAPITOLO QUARANTASETTE

Si era svegliata presto, quella mattina, e alle sette in punto era salita sul traghetto che l'avrebbe portata a Woods Hole. La superficie del mare sembrava di madreperla e il cielo era velato di nebbia come i suoi pensieri.

Una volta sulla terraferma le ci sarebbe voluto almeno un altro paio d'ore per arrivare fino a Boston, ma era contenta di aver deciso di andare in macchina.

Viaggiare per lei significava soprattutto attraversare. Che si trattasse di luoghi reali o di paesaggi dell'anima, non era mai interessata solo al punto di arrivo. E non prendeva l'aereo se non strettamente necessario.

Rispettava il tempo e aveva imparato a lasciarlo scorrere senza forzare la mano.

Così approfittò del tratto di strada che l'avrebbe condotta fino a Boston per continuare l'esercizio mentale che sperava prima o poi le avrebbe permesso di rimettere nel giusto ordine i pezzi del puzzle.

Kelly. Bennet. Mahler. Il diavolo. Il nome di Rowena scritto sullo specchio.

In qualche angolo remoto della sua mente doveva esserci qualche collegamento che in quel momento le sfuggiva.

John Riley le aveva fatto sapere che non c'era ancora nessun nuovo indizio sull'omicidio di Jeff Mahler e che le cattive condizioni economiche dell'uomo escludevano almeno il movente della rapina.

Ma nemmeno un'ora prima di morire Mahler le aveva telefonato per dirle di aver scoperto chi era il diavolo. E questo sì, invece, che dal suo punto di vista poteva essere un buon movente.

Immersa nei suoi pensieri, non si accorse del tempo che passava e arrivò in Newbury Street che erano quasi le undici.

Per fortuna quel giorno Harry Dobois si trovava nel suo negozio di Boston e non aveva dovuto fare un viaggio più lungo fino a New York per parlarci, visto che l'argomento che voleva affrontare con lui non era di quelli di cui fosse facile discutere al telefono.

La gioielleria Dubois era un luogo elegante e molto esclusivo, si confermò Nora varcandone la soglia e sentendosi soppesata da sguardi che sembravano chiedersi quale dei lussuosi gioielli esposti potesse permettersi. Contemplando gli stucchi e le cornici dorate degli specchi, immaginò che gli attenti commessi fossero in grado di identificare in pochi minuti il tipo di reddito dei potenziali clienti.

«Ho un appuntamento con il signor Dubois» annunciò con piglio sicuro, sapendo di deluderli.

Subito dopo un'elegante commessa, che non avrebbe sfigurato sulle passerelle di una sfilata di moda, l'accompagnò nell'ufficio sul retro.

Harry Dubois aveva occhialini che gli scivolavano sul naso, qualche chilo di troppo e una fastidiosa tendenza a sudare. Si alzò per stringerle la mano.

«Al telefono mi ha detto che voleva parlarmi di un vecchio

gioiello e che non poteva risolvere il problema con qualcuno dei miei commessi...»

Era il suo modo di mettere in chiaro che la considerava poco più di una seccatura, ma Nora non si lasciò suggestionare da quella freddezza.

«Essendo una cosa personale ho preferito evitare.»

Dubois rimase ad osservarla per capire dove volesse arrivare e lei allora proseguì: «Si tratta del bracciale che tanti anni fa ha regalato a Cassandra Dee.»

«Uno spreco, considerando che pochi mesi dopo ci siamo lasciati.»

«Le ha raccontato di averci inciso lei le iniziali del suo nome, ma non è vero. Quelle iniziali erano già lì quando quel bracciale – non so come e tramite chi – è arrivato nelle sue mani.»

Il colorito di Harry Dubois virò al grigio pallido nel giro di pochi istanti, ma lui cercò lo stesso di mantenere il controllo della situazione.

«Ho mentito a Cassandra. Quale sarebbe il problema?»

«Il problema è che il bracciale era stato rubato a una donna che poi è stata uccisa forse proprio a causa di quel furto.»

Harry Dubois si alzò per controllare che la porta del suo ufficio fosse ben chiusa e finalmente Nora lo vide perdere il suo *aplomb*.

«Non sapevo che fosse stato rubato.» Si lasciò scivolare di peso sulla sedia e si versò un bicchiere d'acqua. Riprese a parlare solo dopo averne bevuto un lungo sorso. «Era un periodo difficile. Gli affari andavano male ed ero sull'orlo della bancarotta. Ogni tanto prendevo dei gioielli che alcuni fornitori mi offrivano a prezzi stracciati.»

«Si sarà chiesto il motivo per cui quegli acquisti fossero tanto vantaggiosi.»

«Vendere l'oro di famiglia è il modo più veloce per mettere

insieme un po' di contanti. Non mi sono preoccupato della provenienza di quella merce, ma non potevo immaginare...»

Fece un profondo sospiro. «Non è durata a lungo. Gli affari sono andati meglio e sono tornato ai soliti fornitori. Se però ora si sapesse in giro...»

Nora pensò che non era compito suo decidere come Harry Dubois avrebbe pagato la sua leggerezza. Se ne sarebbe occupata la polizia al momento giusto.

«Da chi ha comprato il bracciale?» gli chiese a bruciapelo.

Il gioielliere rimase qualche secondo in silenzio, poi comprese che tirarsi indietro a quel punto non avrebbe che peggiorato la situazione. Scrisse alcuni appunti su un foglio.

«Questo è l'indirizzo.»

Dopo qualche minuto Nora risalì in macchina per tornare finalmente a casa.

Forse fu l'antipatia che non aveva potuto non provare per un uomo insignificante come Harry Dubois o forse furono le strade di Boston piene di tanti ricordi. Il suo umore virò verso il malinconico senza che potesse fare niente per impedirlo.

Ferma a un semaforo in Newbury Street, rimase a lungo a osservare il via vai dei passanti lungo il marciapiede. E tutto quello che riusciva a vedere erano coppie che passeggiavano mano nella mano. Coppie felici e spensierate come anche lei e Steve erano stati.

Le tornarono in mente le loro sortite gastronomiche al Quincy Market, in cerca di golosità e prelibatezze, i loro aperitivi al 51° piano della Prudential Tower all'ora del tramonto, le passeggiate lungo il fiume Charles e le cene nel North End.

Ma ora era tutto finito.

Era stato come salire su un aereo per Parigi e scoprire, una volta scesa dalla scaletta, di ritrovarsi allo stesso punto di partenza. Niente Ville Lumière, Montmartre, Louvre o Torre Eiffel. Il loro viaggio era rimasto solo una promessa.

Tornò a guardare il marciapiede. Al tavolo di un bar un uomo leggeva il giornale. Poco più in là una giovane donna osservava indecisa la vetrina di un negozio di scarpe.

Il mondo non era formato solo da coppie felici, si disse. C'erano anche persone come lei, che avevano figli, nipoti, un buon lavoro e una vita tutto sommato soddisfacente. Ma non l'amore.

Il clacson impaziente, alle sue spalle, la fece riaffiorare da quei pensieri. Il semaforo era verde ora.

Dopo aver messo l'auricolare, decise di chiamare Meg. Sarebbe tornata a The Vineyard prima dell'ora di cena e ne avrebbe approfittato per portare un dolce ai suoi nipotini e per stare un po' insieme a loro.

Sapendo quanto amassero quel gioco, avrebbe anche proposto una sfida a Scarabeo.

Avrebbe fatto proprio così, si ribadì soddisfatta. Perché niente l'avrebbe aiutata a scacciare via quella solitudine quanto una tranquilla serata in famiglia.

CAPITOLO QUARANTOTTO

«Allora, dottore, quando potrò uscire?»

Dopo tanta immobilità, quel giorno finalmente Kelly era riuscita a sedersi sul letto e a mandare giù qualche boccone dell'insulsa minestrina che le avevano portato per pranzo.

Cominciava a sentirsi meglio ed era soddisfatta dei suoi progressi.

«Deve avere pazienza, signorina Scott.» Il medico le rispose senza neppure sollevare lo sguardo dalla cartella clinica. «Dovrà farci compagnia ancora per un paio di giorni. È stata fortunata che non ci sia stato bisogno di una trasfusione. Saprà già di essere un gruppo A.»

«Quando ero bambina andavano di moda le medagliette d'oro con inciso il gruppo sanguigno. Mia madre si lamentava perché il suo O+ era molto meno carino della mia A.»

«Se sua madre era un gruppo 0, suo padre sarà stato un A o AB. Lei poteva donare a voi ma non voi a lei.»

Quindi sorrise mentre si apprestava a misurarle la pressione. «Ho una specializzazione in genetica, ma su queste cose ogni tanto dovrei imparare a tacere. Una volta ho curato un ragazzo che aveva avuto un incidente e quando il padre si è accorto che il suo gruppo sanguigno non era compatibile con quello del figlio... Be', le lascio immaginare.»

«Permesso?»

Kelly riconobbe la voce di Janice Waldon prima di voltarsi e vederla sulla porta in attesa di un cenno di assenso del dottore per entrare.

«Anche la pressione è a posto, signorina Scott. La lascio in compagnia. Ci vediamo più tardi.»

Non appena il medico uscì dalla stanza, la signora Waldon si avvicinò al letto.

«Che bello vederti seduta. Sono contenta che ti senta meglio.»

«Ho anche buttato giù un paio di cucchiai di una minestrina insipida.»

«Appena torni a casa ti preparo io un pranzetto come si deve.»

«Sarà un altro motivo per sbrigarmi a uscire da qui.»

«A proposito. Ho incrociato il tuo fidanzato mentre entrava nel cottage. Sembra una persona molto perbene.»

Già. Non c'era aggettivo che si addicesse meglio a Donald. Perbene. Lui era un uomo perbene e lei era stata così sleale da innamorarsi di un altro senza dirgli niente.

«Mi ha fatto il favore di prendermi alcune cose prima di ripartire per New York. Tutto quello che era nella dependance è andato distrutto.»

Janice si sedette accanto al letto e le carezzò i capelli. «Ho visto e... il pensiero che tu fossi lì dentro...»

«Adesso è tutto passato.»

Lo era davvero? Sul serio aveva digerito il terribile spavento che si era presa?

«Hanno scoperto qual è stata la causa dell'incendio?» le chiese poi Janice.

«Sembra sia stata una mia distrazione» rispose non senza

qualche imbarazzo. «Ero convinta che fosse colpa di Ralph Bennet. Cominceranno a credere che sono una visionaria e che vedo nemici ovunque.»

La sua vicina tentennò qualche istante prima di dirle: «Forse quell'uomo ti vuole meno male di quanto pensi.»

Kelly non nascose la sua sorpresa. «Ne sei davvero convinta?»

«Conoscevo bene Ralph Bennet. E anche a te stava molto simpatico quando eri piccola. Ho sempre faticato a credere che fosse lui l'assassino di tua madre. Scusami. Forse non ti farà piacere, ma non so mentire.»

Janice Waldon non era una donna suggestionabile, né una sprovveduta. E doveva averci riflettuto parecchio prima di correre il rischio di ferirla.

Una considerazione, la sua, che sembrava sostanziare i suoi dubbi della sera prima.

Ma se Bennet non era che un povero diavolo andato in prigione per una colpa non sua, allora l'assassino di sua madre era ancora a piede libero e non aveva mai pagato per quell'omicidio che aveva distrutto anche la sua vita, si ritrovò a pensare Kelly mentre un brivido le scendeva lungo la schiena.

CAPITOLO QUARANTANOVE

«Scusami se ti ho fatto venire qui, ma negli ultimi giorni ho trascurato il lavoro e stamattina Judith doveva fare un salto a Lamberts Cove per mostrare una proprietà a dei potenziali clienti.»

Nora servì una tazza di caffè a John Riley, che si era appena accomodato sul divanetto color carta da zucchero dell'agenzia.

«Ormai mi sento di casa. Come stava oggi Kelly?»

Dopo aver versato del caffè anche per sé, Nora si sedette su una poltroncina lì accanto.

«Sta facendo notevoli progressi. Se continua così, credo che la dimetteranno a breve. Solo che...»

John Riley intercettò la sua perplessità.

«Solo che...?»

«È piuttosto abbattuta. I suoi sospetti su Bennet si sono rivelati ancora una volta infondati. Non è stato lui a inseguirla in macchina, né ad appiccare l'incendio nella dependance. Immagino che questo la faccia sentire molto vulnerabile.»

«Posso capirlo.» John Riley bevve un lungo sorso di caffè prima di passare ad altro. «C'è una novità. Al Dipartimento è arrivato un comunicato dai nostri colleghi di New York. Annie

Lindberg, l'analista che da tanti anni ha in cura Kelly, ha sporto denuncia contro ignoti perché qualcuno ha messo una microspia nello studio in cui riceve i suoi pazienti. La donna delle pulizie ha rotto inavvertitamente un lume e questo ha permesso alla dottoressa di accorgersene. Gli investigatori che si stanno occupando del caso non hanno ancora abbastanza elementi per stabilire chi fosse l'oggetto dell'intercettazione.»

«In barba al segreto professionale, qualcuno voleva ascoltare cosa dicevano i pazienti alla loro analista. Pensi che questa storia abbia a che fare con Kelly?»

«Potrebbe essere.»

Ci fu qualche secondo di silenzio prima che John Riley aggiungesse: «Ne ho approfittato per scambiare due chiacchiere con la dottoressa Lindberg. E ti assicuro che non mi sento a posto per averlo fatto alle spalle di Rowena. Ma tengo troppo a lei e voglio fare il possibile per proteggerla.»

«Cos'hai saputo?»

«Che il motivo principale per cui ha cominciato ad andare da lei è stato un problema di amnesia dissociativa. Aveva rimosso molti dei ricordi che riguardavano i giorni in cui sua madre è stata assassinata.»

«Credo di aver letto da qualche parte di questo tipo di problema. È una specie di buco nero, legato a eventi traumatici, che cancella una parte della memoria.»

«La terapia ha cercato di aiutarla a ricordare, perché potesse affrontare quanto era successo.»

Nora si versò un'altra tazza di caffè e ne offrì anche a John Riley, che accettò con un cenno.

«Se l'oggetto dell'intercettazione con la microspia fosse Kelly – cosa della quale non possiamo essere certi – significherebbe che qualcuno voleva sapere tutto quello che diceva alla sua analista. Per quale motivo?» si chiese Nora.

«Temo che al momento abbiamo più domande che risposte. Comunque i miei colleghi di New York hanno trovato un'impronta sul lume, che non appartiene alla dottoressa Lindberg né alla donna delle pulizie. Forse porterà a qualcosa, forse no. E sul bracciale di Alma Sanders cos'hai scoperto?»

«Ho avuto l'indirizzo del negozio di pegni dove Dubois lo ha comprato. Ci farò un salto. Anche se dopo trent'anni potrebbe non essere facile scoprire come quel gioiello sia arrivato lì.»

Rimasero tutti e due in silenzio, sorseggiando il loro caffè.

«Purtroppo non mi sembra che stiamo facendo grandi passi in avanti» sottolineò poi Nora.

«Nelle indagini c'è sempre una 'fase palude'. All'improvviso tutto sembra fermo e hai la sensazione che le tue piste siano al capolinea. Poi, magicamente, tutto riparte.»

«Speriamo che sia così. E sull'omicidio di Jeff Mahler?»

«Abbiamo trovato tracce di DNA sul masso con cui è stato ucciso. L'assassino deve essersi ferito o escoriato la mano mentre lo colpiva...»

«Magnifico. Questo potrebbe portarci a lui.»

«Non è così semplice se non sai con chi incrociare i dati. Bennet ha un alibi a prova di bomba e per il momento non abbiamo altri sospettati.»

«Quindi siamo ancora nella 'fase palude'...» concluse Nora, abbandonandosi a un sospiro di sconforto.

CAPITOLO CINQUANTA

Seduta sul bordo del letto Kelly indugiò per qualche secondo con le gambe penzoloni e gli occhi chiusi. Il pavimento, sotto di lei, continuava a ondeggiare, ma non se ne curò.

Aspettò che la testa smettesse di girarle, poi riaprì gli occhi e si lasciò scivolare giù.

Infilò una pantofola, poi l'altra, quindi si staccò dal letto e quasi si stupì di riuscire a rimanere in piedi.

Si sentiva debole e incerta sulle gambe, ma aveva un piano e non ci avrebbe rinunciato.

Cercando di non badare ai capogiri che ogni tanto la costringevano a fermarsi, scese con l'ascensore fino al piano terra.

Come si aspettava, nell'atrio trovò i cartelli che indicavano gli uffici amministrativi.

Percorrendo i corridoi scarsamente illuminati, Kelly si augurò di non incontrare nessuno, ma se le avessero chiesto come mai fosse in giro per l'ospedale a quell'ora di notte, avrebbe detto che stava cercando un distributore automatico e che si era persa.

Quando arrivò a destinazione, si accorse che la porta dell'amministrazione era aperta.

Il sovrapporsi di voci femminili l'avvertì in tempo che due infermiere ne stavano uscendo.

Col fiato in gola, Kelly aprì la porta alle sue spalle e si ritrovò nei bagni dell'ospedale.

«Due piani per andare a prendere un caffè. Speriamo che lo aggiustino presto questo benedetto distributore» si lamentò una delle donne.

«Guarda il lato positivo. Almeno ci sgranchiamo un po' le gambe. I turni di notte non passano mai.»

Kelly aspettò che le voci si allontanassero e poi uscì dal suo nascondiglio. Comprese che non avrebbe avuto molto tempo a disposizione prima che le due infermiere tornassero. Si precipitò dentro l'ufficio e si sedette davanti al computer.

Che diavolo sto facendo?, si chiese, improvvisamente a disagio.

Ma scacciò via gli scrupoli e ringraziò il corso di informatica che aveva fatto in un momento di disperazione prima di riuscire a guadagnarsi il pane, e molto di più, con le sue sculture.

Il pensiero dei gruppi sanguigni dei suoi genitori l'aveva tormentata per tutto il pomeriggio.

Ricordava bene che quando aveva appena sei anni sua madre era stata ricoverata d'urgenza e suo padre le aveva donato il sangue. E a quanto aveva detto il dottore, come gruppo A non avrebbe potuto.

In ogni caso, si trovava nel posto giusto per chiarire i suoi dubbi.

Stette ben attenta a non chiudere il file già aperto sul desktop e avviò la sua ricerca.

Il primo nome che digitò fu quello di sua madre.

Scorrendo velocemente la sua cartella clinica, vide che

c'erano registrati il ricovero nel reparto maternità per la sua nascita e, sei anni più tardi, un intervento urgente per una appendicectomia che aveva rischiato di degenerare in peritonite.

Arrivò a quello che le interessava: gruppo sanguigno 0+, come ricordava.

Quando digitò il nome di suo padre, il computer si mise a fare le bizze.

«Dai! Dai!» sussurrò Kelly tra i denti, mentre già sentiva il rumore dell'ascensore che tornava al piano terra. «Dai!»

Finalmente la schermata che stava cercando apparve sul monitor.

Suo padre era stato registrato tra i donatori dell'ospedale e anche il suo gruppo sanguigno era 0+.

Niente A o AB, come avrebbe dovuto essere.

Allora...

Non ebbe però il tempo di pensarci, perché sentì le voci che si avvicinavano in corridoio.

Chiuse il file, uscì di corsa dalla stanza e si nascose di nuovo nei bagni un attimo prima che le infermiere tornassero alla loro postazione di lavoro.

«Io lo dico tutti i giorni a mio marito e a mio figlio» si stava lamentando una delle due. «Almeno i piatti dal tavolo toglieteli. Non hai idea di quello che trovo la sera quando torno a casa. Sembra passato un tornado.»

Quando fu abbastanza sicura che non potessero vederla, Kelly uscì in corridoio e camminando rasente ai muri si diresse verso l'ascensore.

Le girava la testa e aveva l'affanno ma non poteva permettersi di crollare.

L'uomo che per tanti anni aveva creduto suo padre non lo era.

Per tanto tempo aveva pensato che si fosse suicidato perché

non l'amava abbastanza da continuare a vivere per lei. Ma ora sapeva che non era colpa sua se non era riuscita a guadagnarsi il suo amore.

Non l'amava perché lei non era sua figlia.

I lunghi corridoi dell'ospedale erano deserti e silenziosi e all'improvviso Kelly si sentì sola e vulnerabile.

Le sembrò che un rumore di passi si sovrapponesse al suo. Trattenne il respiro e si voltò. Solo per verificare che dietro di lei non c'era nessuno.

No. Non doveva farsi prendere dal panico, si disse. Era già successo, nel parcheggio del Samsara, e la paura l'aveva portata a distruggere un'insegna e a subire l'umiliazione dell'arresto per guida in stato di ebbrezza.

Non avrebbe permesso alla sua fragilità di prendere il sopravvento.

Affrettò il passo verso l'ascensore. Per fortuna la cabina era ancora al piano e ci scivolò dentro il più in fretta possibile.

Non fece in tempo a tirare un sospiro di sollievo perché attraverso lo specchio si accorse dell'ombra che si era materializzata alle sue spalle e che allungò una mano per cercare di bloccare le porte che si stavano chiudendo.

Si tirò indietro spaventata, continuando a premere il pulsante finché l'ascensore non si decise a ripartire.

Le era sembrato che quell'uomo avesse un'uniforme azzurra. Per quanto avesse incrociato il suo sguardo solo per un attimo, era sicura che non si trattasse di Ralph Bennet.

Era solo un infermiere e ancora una volta si era spaventata per niente?

Quando finalmente arrivò al suo reparto, fu contenta di incontrare il dottore di turno. E non le importò che la rimproverasse per essersi allontanata senza avvisare.

Annuì alla sua ramanzina e si scusò.

L'unica cosa che le interessava in quel momento era essere in compagnia di qualcuno.

Forse si era lasciata suggestionare di nuovo. Ma questa volta non lo avrebbe raccontato a nessuno, perché non voleva che continuassero a pensare a lei come a una donna psicolabile e visionaria.

CAPITOLO CINQUANTUNO

I loro sguardi si erano incrociati solo per un attimo prima che le porte automatiche si richiudessero.

Rowena aveva capito? Lo aveva riconosciuto?

Era un bene che non fosse riuscito a entrare in ascensore e che lei fosse scappata via. Anche se non capiva cosa fosse andata a cercare in Amministrazione.

Nessuno avrebbe fatto caso a lui con la divisa da infermiere che aveva preso dallo spogliatoio del personale, ma per quella notte avrebbe rinunciato alla microspia che aveva deciso di piazzare nella sua stanza d'ospedale.

A quel punto, sapere tutto quello che le succedeva intorno gli era indispensabile per portare a termine il suo piano.

Un altro omicidio non avrebbe che aumentato la possibilità che commettesse un errore, prima o poi, che avrebbe portato gli investigatori fino a lui.

Le acque erano state fin troppo smosse, nelle ultime settimane. E questo non era un bene.

La strada migliore era quella di continuare a minare il già precario equilibrio della piccola Rowena.

Se tutti avessero dubitato della sua sanità mentale, il suo nuovo piano non sarebbe stato che un gioco da ragazzi.

In fondo quasi gli dispiaceva doverla perseguitare ancora, quando il destino si era già accanito così tanto su di lei.

Perché diamine aveva deciso di tornare a The Vineyard?, non poté non chiedersi, nervoso, mentre si liberava della divisa da infermiere, ormai inutile.

Tutto quello che voleva, in quel momento, era chiudere al più presto quella questione senza mettere a repentaglio la comoda vita che si era costruito lontano da lì.

Sì. Avrebbe fatto leva sull'instabilità emotiva della piccola Rowena. E questo gli avrebbe permesso di inscenare un suicidio insospettabile.

CAPITOLO CINQUANTADUE

Il caso non esiste, considerò Nora percorrendo la Bearses Way. E per come la vedeva lei, se il bracciale di Alma Sanders aveva incrociato la sua strada un motivo doveva esserci.

Così, approfittando di un appuntamento di lavoro a Falmouth, aveva deciso di allungare il suo tragitto di qualche chilometro, fino a Hyannis.

Grove Street, 920

Osservando l'insegna sbiadita e la vetrina polverosa del negozio di pegni, Nora ebbe la sensazione che quel posto non fosse cambiato di molto negli ultimi trent'anni.

L'uomo seduto dietro al bancone aveva occhiali spessi e capelli ormai radi. Era impegnato nella lettura di un vecchio fumetto di Tex Willer e non sollevò nemmeno lo sguardo al suo ingresso, segnalato da uno scampanellio deciso.

«Buongiorno, signor Turner. Sono Nora Cooper. Ci siamo sentiti un paio di ore fa al telefono.»

Sorrise con cordialità, sperando di incoraggiarlo a perdere qualche minuto del suo tempo con lei.

«Gliel'ho già detto: non conservo documenti tanto vecchi.»

Era un osso duro, ma Nora non aveva alcuna intenzione di arrendersi.

«Il signor Harry Dubois ha comprato qui questo bracciale una trentina d'anni fa.»

Senza nascondere il suo fastidio, Gary Turner rivolse un'occhiata distratta alla foto che gli stava mostrando. «Trent'anni... Mi perdonerà se non ricordo bene.»

«So di darle una seccatura, ma per me è molto importante sapere come questo gioiello è arrivato qui da lei.»

L'uomo la guardò infastidito.

«La gente ha bisogno di soldi e viene da me. Faccio un prezzo per quello che mi portano e se siamo d'accordo concludiamo l'affare. Se poi stiamo parlando di merce di dubbia provenienza, mi spiace ma al momento sono piuttosto impegnato» concluse tornando al fumetto.

«No, no» si affrettò a rassicurarlo Nora. E per farlo, mentì come meglio poteva. «La mia giovane amica sta facendo delle ricerche su sua madre. L'ha persa quando era solo una bambina e vorrebbe sapere qualcosa di più sulla sua vita.»

Gary Turner rimase a fissarla come per capire se potesse fidarsi, quindi a malincuore mise via il fumetto e con un sospiro protese la mano verso di lei.

«Al telefono mi ha detto che avrebbe avuto con sé la ricevuta del signor Dubois.»

«Eccola.» Nora si rianimò. «So che è una seccatura, ma se potesse... Le sarei davvero grata.»

«Parliamo di tanti anni fa. Non le prometto niente» si schermì con decisione l'uomo mentre prendeva la fotocopia che lei gli stava porgendo.

«L'importante è che ci provi. Grazie. Grazie mille.»

Era così contenta che lo avrebbe anche abbracciato.

Forse era stato un viaggio inutile, o forse no, si disse Nora uscendo dal negozio. Una cosa però era certa: parlando con quell'uomo solo per telefono non sarebbe mai riuscita a convincerlo a dedicarsi a quella ricerca per lei. E questo già valeva il viaggio che aveva fatto fino a lì.

CAPITOLO CINQUANTATRÉ

Per quanto avesse temuto di dover rimanere in ospedale più a lungo, il mercoledì a mezzogiorno, con un gran sospiro di sollievo, Kelly salì sul taxi che l'avrebbe riportata a casa.

Aveva una sfilza di medicinali da prendere e sarebbe dovuta tornare per il primo di una serie di controlli già il lunedì successivo, ma il peggio era ormai alle sue spalle. Anche se si sentiva ancora molto debole, niente l'avrebbe aiutata a recuperare le sue energie quanto il riappropriarsi della vita di sempre.

Arrivò davanti al cottage di Menemsha una mezz'ora più tardi e dopo aver pagato la corsa, Kelly rifiutò con ferma gentilezza la proposta dell'autista di accompagnarla fino a casa. Il trolley che aveva con sé conteneva solo i pochi effetti che le erano serviti in ospedale ed era abbastanza leggero da potercela fare senza alcun aiuto. Ma quando rimase sola davanti al cancello e vide il taxi allontanarsi, si pentì di non aver permesso a nessuno di condividere con lei quel momento, mentendo a Nora e anche a John.

Era stata sciocca e orgogliosa e adesso non aveva senso rammaricarsene.

Salì lungo il vialetto che si inerpicava verso il cottage e non rivolse che uno sguardo fugace alle rovine della dependance.

Per fortuna la betoniera e i materiali accatastati dagli operai per la ricostruzione occupavano buona parte della visuale. Non era pronta a rivivere gli angosciosi momenti dell'incendio, quei terribili istanti in cui aveva avuto paura di non farcela.

Il ricordo di quella tremenda esperienza era nelle ustioni che si portava sulla pelle e negli incubi che continuavano a tormentare il suo sonno.

Ma era ancora viva e solo a questo doveva pensare, si esortò avanzando a piccoli passi verso l'edificio principale.

Nessuno avrebbe potuto comprendere come si sentisse in quel momento e nemmeno lei aveva immaginato fino a che punto sarebbe stato difficile tornare a vivere nel cottage di Menemsha. Di certo, per come si erano messe le cose, non poteva più evitarlo. A meno che non avesse deciso di trasferirsi in albergo, cosa che avrebbe sancito definitivamente la sua resa incondizionata.

Arrivata davanti alla porta, Kelly tirò fuori le chiavi dalla borsa e detestò il tremore alle mani che le ricordava la sua fragilità.

Dopo aver aperto, rimase per qualche secondo immobile sulla soglia.

Era la sua casa. La casa in cui aveva trascorso gli unici anni felici della sua vita. Era quello il solo pensiero su cui doveva concentrarsi.

Poté allora constatare, avanzando di soli pochi passi, che Meg aveva fatto un ottimo lavoro con la ristrutturazione.

La boiserie di legno, le pietre che incorniciavano il camino, il lampadario di cristallo che inondava il salone dei suoi riflessi, le travi del soffitto sbiancate e lasciate a vista. Erano i toni del color latte e del sabbia a predominare, accentuando la luminosità degli ambienti.

Kelly allentò il respiro.

Lasciò il trolley accanto alla porta d'ingresso e controllò i pochi mobili arrivati da New York, per i quali avrebbe dovuto trovare una sistemazione.

E c'erano ancora tanti scatoloni da svuotare.

Sorrise guardando la scala che portava al piano superiore, ricordando quante volte da bambina ne avesse usato il corrimano come scivolo, facendo arrabbiare sua madre, che temeva lei potesse cadere.

Andava tutto bene. La tensione si stava sciogliendo e le sembrò di sentirsi meglio.

Poi però si affacciò sulla soglia della cucina e un velo scuro le annebbiò la vista.

In tutto quel buio si staccò nitida l'immagine del corpo agonizzante di sua madre.

Mamma... mammina... perché non mi rispondi?

Per quanto tempo le era rimasta accanto, quella notte? E poi era arrivata la polizia e l'aveva portata via da lì.

Mai, mai più l'avrebbe rivista.

Devi farti forza, piccola mia.

La voce di sua madre affiorò dalle tenebre e riuscì a placare in parte quell'immenso dolore. Piano piano l'oscurità se ne andò e lo sguardo di Kelly ritrovò la cucina, gli elettrodomestici ancora avvolti nel cellophane e i mobili che odoravano di nuovo.

Posso farcela. Ho già attraversato l'inferno e niente può spaventarmi.

Non voleva più essere la tormentata "bambina in blu" che non riusciva a distogliere lo sguardo dalla bara di sua madre.

Tutto quello che era successo, era successo tantissimi anni prima.

Si sarebbe preparata una tisana al biancospino, decise. E questo l'avrebbe aiutata a sentirsi meglio.

Nora era stata così gentile da lasciarle un po' di spesa e sapeva che l'avrebbe trovata nei pensili della cucina.

Fece solo pochi passi, ma corse il rischio di cadere scivolando su una sostanza vischiosa. Abbassò gli occhi e con orrore si accorse che si trattava di sangue, una scia di sangue che macchiava il pavimento e arrivava fino a un grosso coltello da cucina.

Lo stesso coltello.

Mamma... che cosa ti hanno fatto, mamma?

Le gambe non riuscivano più a sostenerla e una forza sconosciuta la spinse verso un buco nero che la inghiottì.

«Kelly, ti prego, rispondi... Kelly!»

La voce si fece più vicina.

«Kelly, mi senti?»

Lentamente riaprì gli occhi e si ritrovò davanti lo sguardo preoccupato di Adam.

«Grazie al cielo. Stavo per chiamare un'ambulanza.»

«Io... devo essere svenuta.»

Accettò il suo aiuto per rialzarsi e poi, guardandosi intorno, rammentò.

«Il coltello...»

«Quale coltello?»

«Era lì per terra.»

Ma nell'angolo in cui poco prima l'aveva visto ora non c'era niente. Nessun coltello. E nessuna traccia di sangue.

«Eppure sono sicura che fosse lì.»

Adam si strinse nelle spalle. «Sapevo che saresti uscita oggi dall'ospedale e volevo farti una sorpresa. La porta era aperta e ho provato a chiamarti. Stavo per andarmene ma poi ti ho vista per terra... Pensavo che ti fossi sentita male.»

E se avesse immaginato tutto?

Forse davvero non era che una ragazza psicolabile travolta dal suo drammatico passato, come anche i suoi amici – gli unici amici che aveva – cominciavano a pensare.

«Sto meglio ora.»

Ma a dispetto delle sue parole, calde lacrime presero a rigarle il viso.

Adam gliele asciugò con un gesto lieve. «Non sospettavo che mi sarebbe servito un fazzoletto venendo qui.»

«Ne ho un pacchetto nella borsa.»

Lui si alzò per prenderlo, poi la raggiunse sul divano.

«E ora dimmi cosa c'è che non va.»

Kelly si poggiò i kleenex in grembo e nei momenti che seguirono ne fece largo uso.

Iniziò a parlare e finì per raccontargli tutto. Tutto quello che per anni aveva tenuto sepolto nel suo cuore spezzato. Tutto quello che ricordava del momento più drammatico della sua vita.

Adam la ascoltava in silenzio, senza stupirsi, chiedere o giudicare. Le asciugava le lacrime e le carezzava i capelli.

«...Così in ospedale ho capito perché mio padre si è ucciso. Amava mia madre, ma non amava me perché non ero sua figlia» concluse dopo quasi un'ora.

E sentì qualcosa nel petto.

Non un groppo o un nodo. La sensazione, invece, di qualcosa che si stava sciogliendo.

«Oh, Kelly.» Adam le prese la mano tra le sue. «Tutta questa sofferenza sulle spalle di una bambina. Non molti ce l'avrebbero fatta a diventare la magnifica donna che sei.»

Kelly rimase per qualche istante a testa bassa prima di dire quello che non era mai riuscita a dire nemmeno a se stessa: «Non sono speciale. Altrimenti l'avrei aiutata.»

«E come avresti potuto?»

«Dei rumori al piano di sotto mi avevano svegliata, quella

notte. Ma io ho messo la testa sotto il cuscino, volevo solo riaddormentarmi. Mamma stava litigando con qualcuno e non mi sono preoccupata. Forse pensavo che stesse parlando al telefono...» Gli occhi le si riempirono di nuovo di lacrime. «Il silenzio improvviso mi ha allarmato più dei rumori. Sono scesa per vedere cosa fosse successo e l'ho trovata in cucina...»

Adam le carezzò i capelli per consolare tutto quel dolore.

«È colpa mia. Se solo avessi fatto qualcosa prima, quando l'ho sentita litigare.»

«Avevi solo sette anni. Non hai niente da rimproverarti.»

«Magari il suo assassino sarebbe scappato e non l'avrebbe uccisa.»

«O avrebbe ucciso anche te.» Adam scosse la testa con decisione. «Mi dispiace che tu sia passata attraverso questa terribile esperienza, Kelly. L'unica cosa però di cui devi essere certa è che non avresti potuto fare niente per evitare quello che è successo a tua madre.»

Forse fu il tono accorato delle sue parole, o la sicurezza con cui le pronunciò. Sfinita da tanto pianto, Kelly si abbandonò sul suo petto.

Adam rimase con le braccia sospese intorno a lei, timoroso di abbracciarla.

«Ho paura di farti male...»

Le ustioni sotto le bende erano ancora dolenti, ma Kelly lo aiutò a trovare i punti giusti e lui la cinse con delicatezza.

Rimasero così, in quel contatto che li stordiva.

Fu Adam a tirarle su il mento con un gesto lieve, perché lo guardasse negli occhi.

«Ti amo. Avremmo potuto frequentarci per mesi prima che riuscissi a capirlo. Ma dopo la paura che ho avuto di perderti...»

Poi lentamente le loro bocche si avvicinarono e Kelly comprese subito l'importanza di quel piccolo e intenso istante.

Solo per un attimo l'immagine di Donald e i sensi di colpa per non aver condiviso con lui qualcosa di altrettanto coinvolgente le attraversarono i pensieri.

Avrebbe trovato il modo giusto per dirgli la verità e lo avrebbe fatto al più presto, si ripropose.

Tutto quello che chiedeva in quel momento era di lasciare scivolare via il dolore e abbandonarsi tra le braccia di Adam.

CAPITOLO CINQUANTAQUATTRO

Quello stesso pomeriggio, Nora decise di fermarsi all'Eden's Flowers per fare scorta di nuovi semi.

Approfittando della luna crescente, avrebbe piantato margherite, campanule, papaveri, fiordalisi.

Nel piccolo orto che aveva organizzato nel retro del giardino, avrebbe invece messo a dimora bietole, zucchine, pomodori, fagiolini e basilico.

Era golosa di quella che in Italia chiamavano *panzanella* e che consisteva in pane raffermo bagnato, condito con pomodoro, basilico, cipolla, olio, sale e aceto. E niente rendeva speciale quel piatto più di un saporito pomodoro appena raccolto dall'orto.

Aveva appena sistemato in macchina i suoi acquisti, che come sempre erano molti di più di quanto avesse programmato, quando il suo cellulare prese a squillare.

Le ci volle un po' di tempo per trovarlo, ma quando rispose fu contenta di scoprire che si trattava del proprietario del negozio di pegni di Hyannis.

Rimase ad ascoltarlo in silenzio.

«È stato davvero gentile, signor Turner. Non so dirle

quanto sia stato prezioso il suo aiuto» concluse poi al termine della loro breve conversazione, appuntando soddisfatta su un foglio le informazioni che le aveva appena dato.

E così alla fine era riuscita a trovare quello che cercava, si rallegrò.

Decise che avrebbe festeggiato quel piccolo successo con una tazza di caffè e una porzione di *cheesecake*.

Ci mise solo una decina di minuti a raggiungere la sala da tè di Donna Lee e approfittò dell'atmosfera accogliente del locale per mettere ordine tra i suoi pensieri.

Gary Turner le aveva detto di aver appena ritrovato la ricevuta per l'acquisto del bracciale di Alma Sanders. Era datata 18 agosto 1983 e intestata a un certo Roy Travis di Albany

Avrebbe chiesto a John Riley di fare qualche ricerca, ma era abbastanza sicura che quel nome fosse falso. Perché chiunque avesse venduto quel gioiello doveva sapere che era merce che scottava.

Poteva essere Ralph Bennet quel Roy Travis della ricevuta, visto che all'epoca le indagini avevano stabilito che era lui l'autore del furto? O si trattava di un suo complice?

Per il momento non c'era modo di confermare né di smentire quell'ipotesi.

Chiedi e ti sarà dato, le ripeteva sempre suo marito quando la vedeva incerta e timorosa. E ogni volta che aveva messo in pratica quel suo consiglio ne aveva sempre ricavato qualcosa di buono.

Anche con il bracciale di Alma Sanders era stato così.

Nora rilesse gli appunti che aveva appena preso. Era stato davvero un colpo di fortuna che Gary Turner avesse ritrovato quella vecchia ricevuta, ma aveva come la sensazione di qualche dettaglio che non le tornava.

Portò con sé quella sensazione per tutto il tragitto che

mezz'ora dopo la condusse da Vineyard Haven fino al lago Tashmoo.

E poi, quando finalmente fu a casa, la lampadina si accese.

Guidata da quel nuovo spiraglio, si diresse in salone e prese le fotocopie degli incartamenti del caso Sanders. Li ricontrollò, deposizione dopo deposizione, e alla fine trovò quello che cercava.

La ricevuta del negozio di pegni era datata 18 agosto 1983. Ma Ralph Bennet aveva cominciato i lavori di ristrutturazione il 20 di quel mese e solo da quel giorno aveva avuto libero accesso in casa Sanders.

Il che metteva in seria discussione l'unico movente dell'omicidio, si ritrovò a pensare Nora.

In effetti la madre di Kelly poteva non essersi accorta che il bracciale era stato rubato prima.

Con una vaga smania addosso, decise di telefonare in agenzia e Judith le rispose al secondo squillo. «Dimmi, Nora.»

«Ho bisogno che tu mi sostituisca con i signori Dalton. Non sarò lì prima di un'ora.»

«Nessun problema. Mi occuperò io di loro.»

Dopo aver ringraziato la sua insostituibile segretaria, Nora compose un altro numero di telefono. Quello di John Riley.

Gli avrebbe raccontato cosa aveva appena scoperto sul bracciale e avrebbe cercato di capire insieme a lui chi altri avrebbe potuto assassinare Alma Sanders, visto che l'ipotesi che Bennet avesse ucciso per proteggersi dall'accusa di furto cominciava a vacillare.

CAPITOLO CINQUANTACINQUE

È solo colpa tua. Se quella notte fossi scesa in cucina ad aiutarla, lei non sarebbe morta.
Non hai fatto niente per salvarla.
Kelly si svegliò all'improvviso zuppa di sudore e con gli occhi gonfi di pianto.

Controllò l'orologio e si rese conto che erano solo le quattro, ma sapeva che con l'ansia che aveva addosso non sarebbe stato facile riprendere sonno.

Indossò una vestaglia e raggiunse la finestra. La luna piena accendeva le chiome degli alberi e gettava frammenti di luce sul mare.

Adam era stata la prima persona a cui aveva raccontato di sua madre e del suo dolore.

Ora si sentiva come svuotata, ed era tornata anche la sensazione di qualcosa che non riusciva a mettere a fuoco.

Suo padre era a una convention del partito Repubblicano a Washington, quella notte.

Era partito per raggiungerla a The Vineyard non appena la polizia lo aveva rintracciato per comunicargli cos'era successo.

Quando era arrivato, era ormai giorno inoltrato e si era

fermato nell'ufficio dello sceriffo per rispondere alle domande degli investigatori che si stavano occupando delle indagini. Poi verso l'ora di pranzo, era andato a prenderla a casa di John Riley.

Kelly lo aveva trovato accanto a sé quando si era svegliata e si erano abbracciati a lungo.

«La mamma è in cielo ora» le aveva detto con le lacrime agli occhi. «Vedrai che da lì veglierà su di noi.»

Ma doveva smettere di pensare a lui come suo padre.

Il suo nome era Charles ed era bene che si abituasse a quell'idea, anche se non avrebbe più avuto modo di chiamarlo.

Avevano dormito in albergo quella sera. Non ricordava se poi fosse passato al cottage a prendere qualcosa, ma il fatto di aver ritrovato le sue cose a Washington le faceva pensare di sì.

Aveva venduto la casa e non le aveva mai permesso di tornarci. Non voleva che soffrisse più di quanto stesse già soffrendo.

Forse con gli anni si era affezionato a lei, si scoprì a pensare e ne provò conforto.

Il pomeriggio successivo l'aveva accompagnata nell'ufficio dello sceriffo per la sua deposizione. L'aveva tenuta per mano tutto il tempo, ma Kelly sapeva che non avrebbe avuto comunque paura, perché c'era il detective Riley lì con lei.

«Se solo fossi stato in casa a proteggervi» si era rammaricato per giorni.

Era stata quell'ossessione a spingerlo a un gesto così estremo?

Nessuno aveva potuto pensare a un incidente quando era precipitato con la macchina da un tornante sul Monte Rainer, perché aveva lasciato un biglietto in cui le chiedeva scusa. Aveva anche aperto un conto a suo nome e designato un tutore che si occupasse di lei fino alla maggiore età.

Le luci dell'alba stavano ormai sbiadendo i contorni della

luna e Kelly decise che era arrivato il momento di cominciare la sua giornata.

Scese in cucina per prepararsi una tazza di caffè e lesse il New York Times sul suo tablet. Quindi cucinò un paio di uova al bacon e le accompagnò con due fette di pane appena tostate.

Un'ora dopo, rinfrancata dalla colazione, tornò in camera per prepararsi.

Lavarsi senza bagnare le bende delle medicazioni fu un'impresa piuttosto complicata ma fece del suo meglio sapendo che con il passare dei giorni si sarebbe impratichita.

Quando uscì dal bagno indossò una comoda tuta da ginnastica e si ripropose di sistemare gli scatoloni che la ditta di traslochi aveva lasciato al piano terra.

Ne aveva già svuotati diversi quando, verso le nove, il campanello del cottage suonò.

I giorni in ospedale le avevano lasciato addosso tanta spossatezza e qualche dolore qua e là, così, quando aprendo la porta si ritrovò davanti il calore del sorriso di Nora, pensò che sarebbe stato piacevole prendersi una pausa in buona compagnia.

«Com'è andata la tua prima notte a casa?»

Kelly si fece da parte per invitarla a entrare. «Prima di venire ad aprire sono passata davanti a uno specchio. Credo che si veda dalla mia faccia come mi sento.»

«Hai già tolto qualche benda. Vedrai che in pochi giorni ti rimetterai. Ti ho portato una crostata appena sfornata» concluse poi porgendole il dolce.

«Ha un profumo magnifico.»

Approfittando della giornata di sole, si accomodarono nel patio.

Kelly si allontanò solo per pochi istanti e tornò con due tazze di caffè fumanti.

«Sono passata anche perché ho qualche novità» esordì

Nora, soddisfatta. «Ho rintracciato la ricevuta originale con cui qualcuno ha venduto il bracciale di tua madre a un negozio di pegni di Hyannis. Ho chiesto a John di fare qualche ricerca sul nome registrato, ma come sospettavo era falso.»

«Dopo averlo rubato nessuno si sarebbe esposto dando il nome vero.»

«C'è qualcosa di più importante: è stato venduto il 18 agosto 1983.»

«Diciotto agosto. Ma mamma era convinta che il furto fosse avvenuto dopo...» Kelly rimase con la tazza di caffè a mezz'aria. «I lavori di ristrutturazione non erano ancora iniziati. Questo sembrerebbe togliere Bennet dalla lista dei sospettati del furto.»

«Ne ho già parlato con John. Anche lui crede che questa nuova prova potrebbe essere un motivo sufficiente per riaprire le indagini.»

Kelly rimase qualche secondo in silenzio poi, dopo esserselo sfilato, prese a tormentare il bracciale di sua madre, che aveva preso l'abitudine di indossare.

«All'improvviso niente appare più come per tanti anni ho pensato che fosse.»

Era frastornata e poteva comprenderla, pensò Nora. Persone ben più forti di lei sarebbero crollate già da un pezzo.

«È come se i tasselli del puzzle stessero piano piano trovando un loro posto.»

«Grazie a te e a John.»

Forse fu l'agitazione, o il pensiero delle conseguenze di quella scoperta. Il bracciale le cadde di mano e la chiusura si aprì in due.

«Accidenti! L'ho rotto.»

«In realtà sembra fatto apposta...» osservò Nora mentre cercava di aiutarla a sistemarlo.

La moneta che univa le due parti somigliava a uno di quei

vecchi ciondoli con un'apertura segreta in cui inserire una minuscola foto.

«C'è una dedica dentro...»

Avvicinò il bracciale perché potessero leggere meglio: Con amore, Sean.

Nora indossò gli occhiali. «C'è anche una data. Undici aprile 1976.»

Si conoscevano da prima. Prima che la mamma si sposasse... prima che io nascessi.

«Tutto bene, Kelly?»

Si accorse che Nora la osservava preoccupata.

«Credo proprio di aver bisogno di un'altra tazza di caffè per mettere un po' in ordine le idee. E poi penso di riuscire a raccontarti chi è Sean.»

CAPITOLO CINQUANTASEI

La suoneria del cellulare lo colse di sorpresa e leggere il nome di sua moglie sul display aumentò il suo disagio.

Cosa temeva? Che scoprisse la doppia vita che le aveva così a lungo nascosto? Che potesse capire dove si trovava?

Aspettò il terzo squillo prima di rispondere e questo gli consentì di recuperare il consueto piglio. Ma quella che gli arrivò dall'altro capo del filo era la voce cristallina di sua figlia.

«Ciao, papà.»

«Come stai, principessa?»

Ascoltò comprensivo il racconto del suo disastroso ultimo giorno d'asilo e consolò il rammarico della piccola Darlene per aver litigato con la sua amica del cuore, che durante l'ora di ricreazione aveva preferito giocare con un'altra bambina.

«Papà tornerà presto, sai? E ti porterò il castello di Barbie che ti ho promesso.»

«E le prenderai anche il vestito da ballo d'oro?»

«Non vorrei che poi la tua bambola si innamorasse di me» scherzò.

Era cresciuto nella miseria più nera e avrebbe fatto qualsiasi cosa perché la sua Darlene fosse felice.

«Posso parlare con la mamma, ora?»

Sentì i passi che si avvicinavano al telefono e poi la voce sensuale di sua moglie.

«Come vanno le cose a Parigi, *mon trésor?*»

Avrebbe voluto stringerla a sé, inebriarsi del suo profumo e sfilarle il vestito mentre lei gli sorrideva con il suo broncio da bambina.

«Mi mancate molto.»

«Speravamo tanto che riuscissi a tornare prima…»

«Ho ancora qualche appuntamento, ma spero di farcela in un paio di giorni. E poi prendo il primo aereo per Maui.»

«Oggi ha telefonato di nuovo quella giornalista, Liz Gray. Dice che le avevi promesso un'intervista per il prossimo numero di Forbes. Voleva sapere se intanto potevi farle avere qualche foto della tua infanzia. È affascinata dall'idea del magnate della finanza venuto dal nulla.»

Già. Proprio "dal nulla", pensò infastidito.

«La chiamerò appena sarò di nuovo alle Hawaii. Come potrei perdere l'occasione di essere sulla copertina di Forbes?» concluse poi con un ghigno di disappunto che per fortuna sua moglie non poté vedere.

CAPITOLO CINQUANTASETTE

Il padre di Kelly non era davvero suo padre e per questo si era suicidato dopo la morte della moglie, senza troppi sensi di colpa per la bambina che lasciava.

La madre aveva un amante, nonostante il suo matrimonio apparentemente felice, e aveva conosciuto e frequentato quello stesso uomo anche prima di sposare Charles Sanders.

Ralph Bennet non aveva rubato il bracciale di Alma Sanders, il che faceva supporre che non avesse motivi per ucciderla e che quello che non aveva smesso di sostenere dal momento del suo arresto fosse vero.

Come novità, nelle ultime ore, non erano poche, si disse Nora continuando a scribacchiare con la penna sul suo taccuino.

E l'omicidio di Jeff Mahler?

Per il momento sembrava ancora slegato da tutto il resto. Senza che ci fosse un sospettato, o un movente certo.

«Posso?»

Alzando lo sguardo Nora si accorse di sua figlia, che le sorrideva dalla porta dell'agenzia.

«Certo che puoi. Vieni. Sono così contenta di vederti.»

«Giornata impegnativa?»

Meg accennò al bloc-notes sulla scrivania.

Nora si rese conto di averlo riempito di piccoli disegni e ghirigori, come faceva sempre Joe quando cercava di concentrarsi su qualcosa, e come aveva cominciato a fare anche lei. Sorrise.

«Riflettevo...»

Meg le allungò un pacchetto e si sedette davanti a lei.

«Ti ho portato dei *cupcakes*.»

Nora scartò i dolci, che avevano un aspetto e un profumo magnifici, e mentre preparava due tazze di caffè scrutò attentamente sua figlia.

«Cosa devi dirmi?» le chiese poi.

«Niente. Perché?»

«Non hai mai un attimo per respirare e sei sempre a dieta. Oggi vieni qui e ti siedi tranquilla con me davanti a un bel vassoio di *cupcakes*. Sicura che non ci sia niente?»

«No. In realtà forse sì» rettificò Meg dopo un attimo. «Pensavo che non fosse il caso di parlarne al telefono. Anche Mike sta ancora cercando di riprendersi.»

Rifiutò il caffè e addentò con piacere uno dei dolci. «Questi ai mirtilli sono una meraviglia...»

A dispetto di quelle parole, la sua espressione era preoccupata e Nora rimase a osservarla mentre sbocconcellava nervosamente il suo dolce. Poi quando sentì di non poterne più le disse: «Mi stai facendo preoccupare. Di cosa pensi non sia il caso di parlare al telefono?»

«Scusa, scusa. Non mi sono resa conto. Potrei avere un bicchiere d'acqua?»

«Meg!» la incalzò Nora con più decisione.

«Avrai un altro nipotino. Lo so che è una pazzia, che tre figli significano già giornate di quarantotto ore, ma Mike è così felice, e anch'io lo sono.»

E così di questo si trattava.

Un altro nipotino. Un'altra peste da tenere a bada. Un'altra meravigliosa vita da vedere crescere.

Ecco il perché del pallore, della stanchezza, dei capogiri di Meg. Ecco perché aveva rifiutato il caffè e si era avventata famelica sui *cupcakes*. Sua figlia avrebbe avuto un altro bambino.

«È una notizia splendida» seppe solo dire, commossa.

"Stasera lo diremo anche a Jason, Alex e Charlene."

"Non staranno nella pelle all'idea di diventare una banda ancora più numerosa. Quattro contro due. Non vorrei essere nei vostri panni."

"Anche tu, come nonna, avrai il tuo da fare."

Quando fu il momento dei saluti, strinse forte sua figlia e sorrise tra sé delle sue preoccupazioni di poco prima.

Avrebbe avuto un altro nipotino. Sarebbero ricominciati i pianti, i pannolini e le prime pappe. Ma anche gli sguardi che illuminano le giornate, le nuove scoperte e i caldi abbracci che sanno di latte.

Stava per tornare alla scrivania quando notò l'uomo fermo in strada, davanti alla sua vetrina.

«Buongiorno, signora Cooper» la salutò quando uscì per raggiungerlo.

«Che cosa vuole da me, signor Bennet?»

Accorgersi che Judith stava tornando dall'edicola, dove era andata per comprare alcune riviste, la rassicurò.

«So che la piccola Rowena l'ha coinvolta in questa assurda storia che la starei perseguitando. Mi vuole rovinare la vita. Ha cominciato quando era una bambina e continua anche ora.»

«Cosa sta cercando di dirmi? Kelly aveva solo sette anni. Come avrebbe dovuto comportarsi con l'uomo che era accusato dell'omicidio di sua madre?»

«Quella notte c'era anche un'altra macchina parcheggiata

davanti al cottage. E anche se era solo una bambina, non può non averla vista. Eppure ha notato il mio furgone e non ha tralasciato di dirlo alla polizia. Lei e suo padre non volevano altro che mandarmi in galera. E ci sono riusciti.»

«Gli incartamenti delle indagini non parlano di un'altra auto.»

«Non mi hanno mai creduto. Pensavano volessi solo sviare i sospetti.»

«Di che modello si trattava?»

Sembrava sorpreso che gli stesse prestando ascolto. Il tono di voce si abbassò.

«Una Chrysler grigia. Non ho fatto caso alla targa. Ero preoccupato che la signora Sanders mi denunciasse per un furto che non avevo commesso, per questo ero andato da lei. Avevo appena avviato la mia piccola ditta di ristrutturazioni e le cose stavano andando bene. Avevo paura di perdere tutto.» Ralph Bennet si mise le mani tra i capelli e per un attimo Nora ne intravide tutta la disperazione. «E così è stato. Niente più lavoro e niente più famiglia. I miei genitori si sono consumati nel dolore e sono morti soli, mentre io ero in prigione. Non sono potuto nemmeno andare al loro funerale.»

«Perché è qui, signor Bennet? Ha già pagato per quell'omicidio e nessuno ha intenzione di tormentarla, tanto meno la signorina Scott.»

«Ho pagato un conto che non era mio. Anche se non faccio più parte della loro vita, non voglio che mia moglie e i miei figli debbano continuare a vergognarsi di me. È questo il motivo per cui sono tornato. Forse è la cosa più sciocca che io abbia fatto in tutta la mia vita, ma speravo di trovare qualche traccia che gli investigatori all'epoca non hanno seguito.»

Quella costernazione le sembrò sincera.

«So che non ha rubato lei il bracciale di Alma Sanders» gli disse a bruciapelo.

La sorpresa si dipinse sul volto di Ralph Bennet e lei spiegò: «Ho rintracciato la ricevuta con cui qualcuno, con un falso nome, lo ha venduto a un negozio di pegni di Hyannis il 18 agosto del 1983.»

Lo sguardo di Bennet si illuminò. «Non avevo ancora iniziato i lavori a casa della signora Sanders. Non sarei potuto entrare, né avrei potuto sapere dov'era il bracciale.»

Nora annuì. «Questo non garantisce che riaprano il processo, ma potrebbe essere un buon motivo per fare una richiesta ufficiale.»

Le sembrò che qualcuna delle fitte rughe che segnavano la fronte di quell'uomo si distendesse.

«Non voglio illudermi ma è una buona notizia.» Ancora confuso si diresse verso la sua macchina, posteggiata poco distante. Si voltò solo un attimo, prima di salire. «Grazie.»

Nora lo osservò andare via rimanendo in piedi sulla porta.

Qualche piccolo tassello del suo puzzle cominciava a trovare il suo posto. C'erano però ancora tante domande senza una risposta.

Per esempio, di chi era la Chrysler grigia posteggiata quella notte di trent'anni prima davanti al cottage di Alma Sanders?

«Ecco le riviste di cui avevi bisogno» le disse Judith, appena tornata.

Insieme rientrarono in agenzia.

«Grazie. Vuoi un *cupcake*? Li ha appena portati Meg... C'è una bellissima novità.»

Non fece in tempo a concludere il discorso perché si rese conto che il cellulare le stava squillando nella borsa. Il nome che vide lampeggiare sul display la emozionò e non riuscì a trattenere un sorriso mentre rispondeva. «Steve...»

«La signora Cooper?»

La voce sconosciuta che udì all'altro capo del filo la colse di sorpresa.

«Sì, sono io.»

«Sono il detective Mayer. Mi scusi ma il tenente Clark ci ha lasciato il suo numero nel caso in cui...»

Un'onda travolse i suoi pensieri. Era il telefono di Steve, ma lui non poteva parlarle e qualcun altro lo stava facendo per lui.

Nel caso in cui...

Non riusciva a pensare altro che a quelle parole: *nel caso in cui.*

Ma lei non voleva saperne niente di *"casi in cui"* Lei voleva parlare con Steve.

Desiderava che lui la salutasse con la voce pacata e il tono qualche volta ironico che conosceva bene.

Si aspettava che le chiedesse come stava e le raccontasse qualcosa del suo lavoro.

«È ancora lì, signora Cooper?»

Comprese di non poter far niente per fermare quel momento.

«Sì. Sono qui.»

«C'è stato uno scontro a fuoco e... Mi dispiace per quello che devo dirle.»

«Nora, stai bene?»

Non sentì le altre parole che il detective Mayer pronunciò al telefono, né riuscì a rispondere a Judith, perché fu travolta da un insistente ronzio che la isolò dal resto del mondo e non poté far altro che abbandonarsi sulla sedia mentre il cellulare le scivolava dalle mani.

CAPITOLO CINQUANTOTTO

Poggiò la mano sul vetro che la separava dalla stanza di terapia intensiva e dalla vita che continuava a scorrere fuori da quell'ospedale, e la tenne incollata lì, incurante di tutto.

Non le importava della stanchezza o del freddo che sentiva dentro. Né era interessata alle persone che intorno a lei andavano e venivano.

Sperava solo che Steve riuscisse a percepire la sua presenza dal posto lontano in cui ora si trovava.

Aveva la testa fasciata e il viso gonfio.

Nora si rese conto che avevano dovuto intubarlo.

Non c'era traccia di vita nel suo corpo immobile. Solo il lieve ronzare dei macchinari a cui era attaccato segnalava, sia pur debolmente, che c'era ancora una piccola speranza.

Com'era potuto accadere?

Lei si era presa una pausa di riflessione dal loro rapporto e la vita le aveva ricordato quanto poco ci sia dato decidere o procrastinare.

Oggi. Non ieri e non 'forse domani'. Oggi. Perché siamo esseri umani e per questo non eterni.

Aveva le lacrime agli occhi, le mani giunte davanti alla bocca, e in silenzio continuò a recitare il suo dolore.

Tutto può cambiare in un istante, un semplice e impercettibile istante. L'esistenza ha priorità per le quali nulla possiamo.

Quello che ci è concesso è sfruttare al meglio questo 'giro di giostra'.

L'amore che non diamo resterà sospeso. E le occasioni che non cogliamo resteranno solo occasioni.

La vita ci dà e ci toglie, concluse senza riuscire a liberarsi dal peso che aveva sul cuore. Le aveva tolto Joe e poi, quando non credeva sarebbe più stato possibile, le aveva regalato Steve.

Ma lei aveva avuto paura e aveva rifiutato quel dono.

E se ora quella stessa opportunità le fosse stata offerta di nuovo?

«Steve è qua, è tuo, non se ne andrà.»

Se il destino le avesse concesso un'altra chance, con semplicità avrebbe raccontato a Steve che donna bizzarra fosse. Una donna che credeva nell'armonia dell'universo e nella vita che continua anche dopo la morte.

Non avrebbe potuto essere altrimenti dopo che aveva ricevuto il suo *'dono'*.

Sentiva le voci. Le anime di chi non c'era più comunicavano con lei.

Steve poteva anche sorriderne, se voleva, e pensare che stesse sragionando.

Quello però era il regalo che aveva deciso di fargli: la sincerità di quello che era, senza veli, filtri e inganni.

Se la vita le avesse dato un'altra opportunità, non l'avrebbe sprecata, giurò a se stessa. Avrebbe fatto i conti con le sue paure e accettato i suoi limiti. E avrebbe gioito e sofferto senza preoccuparsi troppo del futuro.

Era già finito tutto, una volta, quando suo marito era morto. Era stata dura, ma ce l'aveva fatta. E aveva capito che dietro ogni grande sofferenza c'è anche una nuova occasione per diventare qualcosa di più e di meglio.

Steve era lì, in quella fredda stanza d'ospedale. Una pallottola l'aveva colpito mentre insieme ai suoi colleghi inseguiva una banda di teppisti che aveva cercato di violentare una donna nell'androne del suo stesso palazzo.

Non era uomo da tirarsi indietro e da delegare l'azione ai suoi sottoposti. E ora era in coma e nemmeno i medici sapevano quello che sarebbe successo.

«Devi farcela, Steve» disse sottovoce ma con tutta la forza che aveva, perché il suo pensiero potesse arrivare fino a lui. «Devi farcela, perché ho ancora tante cose da dirti. E se sceglierai di rimanere con me, saprò che sono proprio io quella che volevi.»

La vita e la morte ogni tanto vengono a ricordarci chi sono e chi siamo. Meg avrebbe avuto un bambino e lei rischiava di perdere Steve per sempre.

Aveva già avuto la sua parte di lutti e non era pronta a ripassarci di nuovo.

«Signora Cooper...»

Si voltò al suono di quella voce e si ritrovò davanti un volto colmo di tristezza.

«Linda...»

La donna che da più di vent'anni aiutava Steve a tenere in ordine la casa e lo accudiva come fosse una persona di famiglia.

Aveva lo sguardo stravolto dalla notte insonne.

«Sono passata a prendere qualcosa per cambiarmi.»

Si abbracciarono per comunicarsi qualcosa per cui le parole non sarebbero bastate.

Linda si asciugò una lacrima con il dorso della mano.

«I medici dicono che non possiamo far altro che aspettare...»

«Da quanto è qui, signora Cooper?» le chiese poi.
«Non lo so.»
«Vada a riposare ora. Torni a casa e recuperi le forze. Dobbiamo convincerci che tutto andrà per il meglio. Se ci sarà una qualsiasi novità sarà la prima a saperlo. Glielo prometto.»

Le sue dita sembravano incollate a quel vetro e il suo corpo non avrebbe mai voluto staccarsi da lì.

Ma Linda aveva ragione.

Doveva pensare che Steve avrebbe avuto bisogno di lei e che non era ancora arrivato il momento di crollare.

CAPITOLO CINQUANTANOVE

Osservò il profilo di Rowena, che dormiva profondamente nel suo letto, e pensò che la natura aveva mantenuto le sue promesse. Era stata una bella bambina ed era diventata una donna attraente. Una donna attraente che ora si faceva chiamare Kelly Scott.

Era stato strano tornare nel cottage dopo tanti anni. Quando era entrato per lasciare il coltello insanguinato in cucina, si era preso il suo tempo per darsi un'occhiata intorno.

E ora era di nuovo lì per portare a compimento il suo piano.

Dopo tutto quello che era successo negli ultimi giorni, chi mai avrebbe dubitato che la piccola Rowena avesse deciso di farla finita?

Poteva immaginare già i commenti.

Era così tormentata, poverina. Non si era mai ripresa dopo l'omicidio di sua madre.

La verità era che si era mosso nel modo giusto perché tutti percepissero la sua instabilità emotiva. L'incidente. L'inseguimento in macchina. L'incendio. La paura che l'assassino di sua madre fosse tornato a perseguitarla.

Non era stato facile ma finalmente avrebbe chiuso quella storia una volta per tutte. E una volta morta Rowena, nessuno avrebbe avuto più tanto interesse a rimestare nel passato.

Si era attrezzato con una piccola torcia ed evitò di accendere le luci nel cottage per non insospettire la signora Waldon, nel caso si fosse svegliata. Ma ricordava bene quei corridoi e avrebbe potuto percorrerli a occhi chiusi, se fosse stato necessario.

Era rimasto a lungo al buio, acquattato in giardino, per essere sicuro che Rowena bevesse l'acqua nella quale quel pomeriggio aveva sciolto i sonniferi che lei teneva in casa.

Fare una copia delle chiavi era stata un'operazione semplicissima mentre si occupava delle pulizie del cottage e gli era tornata utile anche per il coltello.

La osservò ancora per qualche secondo. Aveva il respiro profondo. Il Roipnol sembrava aver svolto il suo compito alla perfezione.

A quel punto, se anche si fossero insospettiti – cosa piuttosto improbabile – e avessero deciso di farle un esame tossicologico, non avrebbero trovato strano che la signorina Kelly Scott avesse usato i suoi soliti tranquillanti per cercare un po' di sollievo in un periodo per lei così difficile.

Forse aveva esagerato con la dose, ma non voleva che si svegliasse mentre la trascinava in garage.

Dopo averla sistemata al posto di guida della sua auto, l'avrebbe lasciata chiusa dentro con il motore acceso.

Un tentativo di suicidio tra i più banali.

Chi non avrebbe compreso il motivo di un gesto tanto insano con tutto quello che le era capitato?

Era un peccato che la sua vita fosse stata tanto sfortunata.

Non ce l'aveva con lei. Ma come aveva pensato già trent'anni prima, non avrebbe corso il rischio di passare il resto dei suoi giorni in prigione solo per qualche scrupolo in più.

CAPITOLO SESSANTA

Quando Nora tornò a casa da Boston era ormai quasi mezzanotte, e più che stanca si sentiva abbattuta. Steve era in un letto d'ospedale, in coma, e lei non poteva fare altro che aspettare.

Proprio quello che le risultava più difficile.

Avrebbe voluto passare da Kelly, per sapere come stesse, ma l'ora tarda l'aveva dissuasa.

Si diresse in cucina per mettere un po' di croccantini nella ciotola del gatto, con l'intenzione anche di buttare giù qualche boccone dello sformato di patate che Rudra aveva lasciato in forno per lei. Ma nonostante non avesse mangiato niente dall'ora di colazione, comprese subito che non ci sarebbe riuscita.

Stava mettendo via il piatto ancora intatto quando lo squillo del cellulare la richiamò in salone.

«Ciao, John» rispose non appena ebbe letto il nome sul display.

«Come sta Steve? Qualche novità?»

«Purtroppo nessuna.»

Che altro avrebbe potuto aggiungere? Che la mancanza di

buone notizie la stava facendo impazzire?

«Scusami per l'ora, ma sapevo che stavi tornando da Boston e la notizia è di quelle che meritano di non aspettare.»

«Cos'è successo?»

«Ti ricordi della microspia nello studio della dottoressa Lindberg e dell'impronta che i colleghi di New York hanno trovato sul lume?»

«Sanno a chi appartiene?»

«Non lo immagineresti mai. Anche per me è stato un colpo. Quell'impronta è di Donald Parker.»

Nora ora era senza fiato.

«Il fidanzato di Kelly...»

«In passato era stato coinvolto in un grave incidente in cui sono morte delle persone. Per questo è schedato.»

«E perché mai avrebbe messo una microspia nello studio della psicanalista della sua fidanzata?»

«La polizia lo sta cercando. Quando lo arresteranno lo sapremo. Credo che intanto dovremmo dirlo a Kelly.»

Nora fece un profondo sospiro. «Domani mattina andrò a parlarci. Sarà un altro duro colpo per lei.»

Dopo aver riattaccato, tornò in cucina per versarsi un bicchiere di vino bianco.

Si sarebbe seduta davanti al televisore, decise, e avrebbe guardato con indifferenza le immagini che scorrevano sullo schermo fino a sentirsi così stanca da crollare almeno per qualche ora. Perché l'attesa e l'impotenza la stavano sfinendo.

Saltò da un canale all'altro con il telecomando fino a soffermarsi su un documentario che parlava di araldica e che non avrebbe corso il rischio di tenerla sveglia.

Se ne rimase lì, sul divano, con in braccio il suo Dante, in attesa che la stanchezza prendesse il sopravvento sui brutti pensieri e sulla tristezza.

Poi accadde. Proprio quando nemmeno pensava più al

documentario, un'immagine colpì la sua attenzione, richiamandone subito un'altra, simile, sepolta per giorni in qualche anfratto della sua memoria.

«Il diavolo! Ora so cos'è il diavolo di cui parlava Mahler!» esplose scattando in piedi, con grande disappunto del suo gatto.

Andò a controllare gli incartamenti sull'omicidio di Alma Sanders e trovò la foto che cercava.

E così aveva ragione. Quel particolare era talmente piccolo che dovette prendere una lente di ingrandimento per poterne studiare i dettagli e non poté che ringraziare la sua memoria visiva che l'aveva registrato nonostante tutto.

Com'era possibile che Jeff Mahler avesse visto proprio 'quel' diavolo? si chiese, confusa, un attimo dopo.

Eppure i messaggi della moglie, e anche quello di Joe, dicevano che il diavolo era tornato.

Parlavano di qualcuno che se ne era andato e ora era di nuovo a The Vineyard.

Mio Dio...

Adesso sì che non poteva aspettare.

Prese con sé la foto che voleva mostrare a Kelly e uscì di casa per raggiungerla. Sicura che, anche se l'avesse svegliata, di sicuro non se la sarebbe presa visto quello che aveva scoperto.

CAPITOLO SESSANTUNO

Le occorsero una ventina di minuti per raggiungere il cottage di Menemsha e quando arrivò, Nora non si sorprese di trovare tutte le luci spente. Come immaginava, Kelly doveva essere già andata a dormire.

Per un attimo la sfiorò il pensiero di desistere dal suo proposito e di tornare l'indomani, ma poi decise che quello che aveva scoperto era abbastanza importante da valere il sacrificio di qualche ora di sonno.

Notò che il cancello era solo accostato. Entrò in giardino e quando fu finalmente davanti alla porta d'ingresso del cottage premette il campanello. Aspettò inutilmente che qualche luce si accendesse.

Non le sembrava possibile che Kelly, ancora convalescente, fosse uscita fino a quell'ora di notte. Ma forse non riuscendo a dormire aveva preso uno dei suoi sonniferi.

E se invece si fosse sentita male?

Suonò ancora, mentre una strana ansia le montava dentro.

Intanto avrebbe verificato se la Mustang, che il meccanico le aveva consegnato proprio quel giorno, fosse in garage.

Perché c'era una vocina, dentro di lei, che continuava a dirle che qualcosa non andava.

Salì lungo il sentiero e si diresse verso la costruzione un po' defilata. Avvicinandosi percepì un rumore che proveniva dall'interno e solo quando ormai era solo a pochi passi comprese che si trattava di un motore acceso.

Il garage era chiuso e non le ci volle molto per capire quello che stava succedendo.

Allarmata, si affrettò ad aprire la porta basculante e subito una nube di fumo acre la avvolse.

Entrò coprendosi il viso con la giacca che si era tolta. Come aveva temuto, dal finestrino dell'auto intravide il corpo di Kelly reclinato sul volante.

Non avrebbe dovuto lasciarla da sola.

Perché non aveva capito che era così scossa da pensare al suicidio?

Ma non era il momento giusto per i 'se' e per i 'ma'. Spalancò la portiera e la trascinò fuori fino in giardino.

Il sospetto che anche l'incendio della dependance potesse essere stato un altro tentativo di suicidio andato male, la colse di sorpresa.

Decise però di tenere lontani i brutti pensieri per concentrarsi su Kelly. Sperò con tutta se stessa di essere arrivata in tempo e che avrebbero avuto modo di parlare insieme di tutto.

Il battito era flebile ma c'era, si rassicurò sentendole il polso.

Tirò fuori dalla tasca il cellulare e fece appena in tempo a digitare il numero di John Riley per chiedergli aiuto che una voce cavernosa la indusse a desistere.

«Chiuda quel telefono!»

La pistola puntata su di lei la convinse a non discutere quell'ordine.

Non era sicura che la chiamata fosse partita, ma anche se

fosse stato così, sarebbe stato impossibile per Riley capire dove si trovava e perché avesse deciso di telefonargli.

L'uomo che la teneva sotto mira le strappò il telefono dalle mani, lo spense e lo gettò via.

«Mi dispiace per lei, ma non posso permetterle di far saltare il mio piano.»

E in quel momento Nora comprese.

«Ha messo lei Kelly dentro la macchina! Voleva che sembrasse un suicidio. Perché?»

«Forse è stato un colpo di fortuna che sia arrivata qui anche lei. Penseranno che ha cercato di salvarla e non ce l'ha fatta. Così smetterà di ficcare il naso in cose che non la riguardano.»

L'arma a pochi centimetri dalla sua testa le confondeva i pensieri, senza contare che era preoccupata per Kelly, che stava male e aveva bisogno di aiuto.

Chi era quell'uomo che le voleva morte?

E poi, concentrando lo sguardo sulla mano che reggeva la pistola, pur con la scarsa luce dei lampioni, lo vide. Vide l'anello con quel drago che sembrava un diavolo. Lo stesso anello che aveva colpito la sua attenzione negli incartamenti del caso Sanders.

«Lei è il padre di Kelly!»

«Io continuo a chiamarla Rowena.»

Il viso sembrava molto diverso, ma in realtà alcuni particolari come le mani, la corporatura, l'attaccatura dei capelli, erano uguali a quelli dell'uomo che nelle foto teneva la piccola Rowena per mano.

«Tutti pensano che lei sia morto...»

«Sto diventando esperto nel simulare suicidi.»

«Ha anche cambiato aspetto.»

«Non sa quanto possa essere efficace un intervento di chirurgia plastica. Dovevo farlo. Sono bastati dei documenti falsi per cambiare nome e vita. Tutto stava andando per il meglio e poi Rowena ha deciso di tornare a The Vineyard. Proprio quando mi hanno nominato amministratore delegato di una multinazionale. Non sa quanto la gente sia curiosa sul passato di una persona potente. Il rischio che la figlia di Alma potesse ricordare qualcos'altro di quella notte ha cambiato molte cose.»

«Era lei! Era lei che litigava con sua moglie e che poi l'ha uccisa. Era sua la Chrysler grigia davanti al cottage.»

«Alma aveva scoperto tutto. Non ho potuto evitarlo. Ma Rowena deve aver riconosciuto la mia voce quella notte... Ho sentito che mi chiamava dalla sua camera. Nei giorni successivi ho fatto il possibile per rafforzare in lei l'idea che fossi a Washington e che fossi disperato per non averle potute aiutare. Lo shock e i suoi problemi di memoria hanno fatto il resto.»

Mentre cercava di farlo parlare, Nora percorreva con lo sguardo ogni minimo centimetro lì intorno, nella speranza di trovare qualcosa per difendersi.

Se non fosse riuscita a fermare quell'uomo, Kelly sarebbe morta. E anche lei.

«Adesso basta con le chiacchiere!»

Senza smettere di tenerla sotto mira, Charles Sanders si chinò sul corpo di Kelly e lo trascinò di nuovo verso il garage.

«Venga anche lei, signora Cooper. Non vorrà lasciare la sua amica da sola» disse mentre già con una mano apriva lo sportello dell'auto.

Nora lo seguì riluttante. Con una pistola puntata era impossibile non fare ciò che le chiedeva. Poi, proprio quando fu sotto la porta basculante, una piccola idea, di quelle assurde e folli che in un momento normale non si sarebbe mai sognata di mettere in pratica, si insinuò nella sua mente. Ma era abbastanza disperata da tentare il tutto per tutto.

Con un piccolo salto si appese alla porta sperando che si

chiudesse prima che Charles Sanders riuscisse a premere il dito sul grilletto. E così fu per sua fortuna.

Senza perdere altro tempo corse via veloce.

L'assassino di Alma non ci avrebbe messo molto ad aprire la porta del garage e a inseguirla.

Nora decise di dirigersi verso la siepe che delimitava il giardino, con cespugli dietro ai quali avrebbe potuto nascondersi.

«Dove crede di andare?»

Charles Sanders era già fuori dal garage e le luci delle abitazioni dei vicini erano spente.

Nessuno poteva aiutarla e se avesse gridato lui avrebbe capito dove si trovava.

Anche a costo di far saltare il suo piano del suicidio, era sicura che non avrebbe esitato a usare la pistola per non permetterle di fuggire.

Il cancello e la sua macchina, in strada, erano a poche decine di metri, ma doveva percorrere un tratto del giardino troppo illuminato per sperare di farcela.

«Le consiglio di fare la brava e di venire qui, signora Cooper. La morte da monossido di carbonio è indolore. Non altrettanto quella che la aspetta se continuerà a scappare.»

Mentre il cuore sembrava volerle scoppiare in petto per la paura, Nora si acquattò dietro un cespuglio, trattenendo anche il respiro perché ogni piccolo rumore era amplificato dal silenzio.

C'era il capanno degli attrezzi pochi metri più avanti e muovendosi con cautela, Nora lo raggiunse. Le parve di sentire un fruscio, ma era abbastanza lontano.

Probabilmente Sanders la stava cercando nell'altra parte del giardino.

Doveva approfittare di quell'occasione e correre più velocemente che poteva verso la strada e verso la sua macchina. Per quanto fosse paralizzata dalla paura, doveva provarci.

Fece però appena in tempo a sporgersi oltre il capanno che la voce di Charles Sanders risuonò a un passo da lei.

«Non dovrebbe fidarsi delle apparenze...»

Aveva solo finto di dirigersi nell'altra direzione, comprese Nora. Ma lei non voleva morire, non ancora.

Si ritrovò tra le mani una pala appoggiata a una delle pareti e lo colpì con forza.

Charles Sanders stramazzò, ma lo stordimento durò solo pochi istanti e la afferrò alle gambe per impedirle di scappare. Nora si ritrovò a terra e scalciò per allontanarlo da sé. Poi sentì qualcosa di metallico sotto la mano e afferrandola si rese conto che si trattava della pistola. Sanders doveva averla persa quando era caduto. La tenne stretta e si alzò in piedi.

«Ho la pistola. Non si muova.»

Le mani le tremavano ed era terrorizzata all'idea di dover sparare ma sperò che lui non se ne accorgesse.

«Non avrà mai il coraggio di usarla» le disse invece lanciandosi contro di lei.

Sorpresa, Nora strinse forte il grilletto.

Un attimo dopo l'esplosione Charles Sanders crollò a terra.

«Nora!»

Si voltò e con la coda dell'occhio vide la sagoma di John Riley che risaliva di corsa il vialetto.

«Stai bene?»

Si rese conto che le mani le tremavano. Annuì senza riuscire a dire una parola.

John Riley si chinò sul corpo di Sanders per auscultarne il cuore.

«È ancora vivo.»

Lo ammanettò e tornò da lei.

«I miei colleghi saranno qui a momenti. Come sta Kelly?»

«Il polso è abbastanza regolare ma ha respirato monossido di carbonio.»

Dopo aver chiamato l'ambulanza, si diressero insieme verso il garage.

«Come hai fatto a sapere che ero qui?»

«Quando è arrivata la tua telefonata, ho provato a richiamarti sul cellulare e poi a casa. Mi è sembrato strano che non fossi più rintracciabile. Ho pregato che avessi un antifurto satellitare e ho sfruttato le mie amicizie nella polizia per individuare la tua macchina.»

Erano già al fianco di Kelly quando sentirono la sirena dell'ambulanza in arrivo.

«Sono stata così felice di vederti...»

Mentre i medici si occupavano di Kelly e la polizia di Charles Sanders, Nora si accorse del suo cellulare rimasto sull'erba.

Sanders lo aveva buttato via. Chissà se funzionava ancora.

Lo accese e si rese conto che Linda l'aveva cercata già due volte nell'ultima mezz'ora.

Era evidente che c'erano novità. Novità che non potevano aspettare che si facesse giorno.

Si trattava di notizie buone o cattive?

Sarebbe potuta rimanere lì ferma per tutta la notte e i giorni a venire. Ma questo non avrebbe cambiato quello che era già successo, comprese.

Premette sul cellulare il tasto di chiamata.

«Ciao, Linda. Sono Nora.»

E chiuse gli occhi mentre ascoltava quello che la sua interlocutrice aveva da dirle.

CAPITOLO SESSANTADUE

La prima cosa che Kelly vide non appena aprì gli occhi fu lo sguardo preoccupato e innamorato di Adam.

«Hai trovato un modo piuttosto pericoloso per attirare la mia attenzione» le ribadì avvicinando le sue mani alla bocca per baciarle. «Con tutti gli spaventi che mi hai fatto prendere, temo di doverti controllare a vista per un po'.»

«Non farò niente per impedirtelo.»

Nonostante si sentisse confusa per effetto dei sonniferi e anche stanca, riuscì a sorridere.

«Non sono una donna facile» aggiunse poi, più seria.

«Mi piaci come sei. Anche se mi fai venire il batticuore ogni volta che squilla il telefono.»

E Kelly pensò che quella era la più bella dichiarazione d'amore che avesse mai ricevuto.

«Ne ho abbastanza anch'io di incidenti e di ospedali.»

«Puoi stare tranquilla. Ora che abbiamo arrestato Charles Sanders, non c'è più nessuno in giro che voglia farti del male.»

Kelly si voltò e vide che John Riley era accanto alla finestra che la osservava con un sorriso.

«John... Sei rimasto qui tutta la notte.»

«Nora è dovuta correre a Boston e non ti avrei mai lasciata sola.»

Prese una busta dalla sua giacca e gliela porse. «Un mio collega mi ha portato questa per te, stamattina.»

Quando lesse l'intestazione, Kelly comprese. «La richiesta per l'esame del DNA...»

Adam si avvicinò per baciarla sulla fronte.

«Scendo a prendere un sandwich e un caffè. Risalgo tra qualche minuto.»

Kelly apprezzò la sua discrezione e lo lasciò andare con un sorriso.

«È un laboratorio di assoluta fiducia. Può bastare anche solo un capello per sapere se Sean Walker è tuo padre.»

«Conosceva mamma prima della mia nascita ma ha preferito sposare Donna Galbraith per entrare nel bel mondo e fare una vita facile.»

«Charles Sanders ha detto che quando si sono sposati tua madre era già incinta, ma che lei non gli ha mai confidato chi fosse tuo padre.»

Dopo un ultimo attimo di incertezza, Kelly gli restituì la busta. «In fondo cosa cambierebbe sapere che Sean Walker è mio padre? Non lo è mai stato e non lo sarebbe ora solo per un test del DNA.»

«Se hai deciso così, non può che essere la scelta giusta.»

Kelly gli sorrise. «Sai, John... Quando la mamma è morta, hai saputo starmi vicino più tu di qualsiasi altra persona.»

«Eri così smarrita. Se ripenso a quello che hai passato.»

Lei lo guardò con affetto. «Se un giorno mi sposerò, dovrai essere tu ad accompagnarmi all'altare.»

«Sarebbe un onore per me.»

Forse fu il pensiero del matrimonio, o i sensi di colpa per troppo tempo sopiti. «Devo parlare con Donald...»

«Mi dispiace, Kelly. Non sapevo come dirtelo ma... Ha

confessato tutto ai poliziotti incaricati delle indagini. Charles Sanders lo aveva pagato per mettere una microspia nello studio della dottoressa Lindberg e per tenerti d'occhio. Non credo sapesse perché.»

«Ha fatto tutto per i soldi...»

E poco importava a quel punto distinguere in cosa fosse stato sincero e in cosa no.

Kelly rimase per qualche istante in silenzio. Un silenzio che John Riley rispettò.

«Era stato Charles a rubare il bracciale di mamma» aggiunse poi.

John Riley annuì. «I miei colleghi hanno finito di interrogarlo un'ora fa. Non so se...»

«Voglio sapere tutto.»

Lo sguardo determinato di Kelly lo spinse a continuare. «Tua madre voleva chiedere il divorzio. Le cose tra loro non funzionavano. Più di una volta aveva dovuto salvarlo dai creditori per i suoi debiti di gioco...»

«Così lui ha deciso di ucciderla per non perdere tutto.»

Era solo una bambina, ma come poteva non essersi accorta di quello che stava succedendo intorno a lei?

«Charles Sanders ha raccontato agli investigatori che quella sera era venuto a The Vineyard per farle cambiare idea... ma tua madre aveva scoperto altri ammanchi sul conto. E forse aveva anche capito che era stato lui a rubare il bracciale e che lo aveva rivenduto perché gli servivano altri soldi. Gli aveva ribadito che avrebbe chiesto il divorzio e gli avrebbe tolto l'accesso al conto. Ne nacque una discussione accesa...»

«Credo di aver sentito quella discussione mentre dormivo e... Forse era questo il motivo per cui non gli ho prestato troppa attenzione.»

«Devi aver riconosciuto la voce di quello che pensavi fosse tuo padre. Dal basso ha sentito che lo chiamavi.»

«Nei giorni successivi non ha fatto che ripetermi quanto fosse dispiaciuto di non essere stato a The Vineyard per aiutare la mamma. Sperava che non avrei ricordato o che avrei pensato di essermi sbagliata.»

Kelly cercò gli occhi di Riley prima di aggiungere: «Se fossi scesa prima in cucina, forse non l'avrebbe uccisa.»

«O avrebbe ucciso anche te, come ha cercato di fare questa notte.» John Riley le strinse forte la mano. «Togliti queste idee dalla testa, Kelly. Quell'uomo ha fatto tutto per i soldi. Ne ha rubati abbastanza da potersi ricostruire un'altra vita dopo il finto suicidio. Gli stava andando tutto alla grande. Aveva una nuova famiglia, tanto denaro, e una posizione di tutto rispetto. Era stato appena nominato amministratore delegato del Carmington Group, non poteva correre il rischio che qualcuno scoprisse il suo passato.»

«La più importante azienda automobilistica americana. Così, quando ho deciso di tornare a The Vineyard...»

«Ha temuto che potessi ricordare di aver sentito la sua voce quella notte, e che riaprendo il caso per l'omicidio di tua madre la polizia avrebbe finito per indagare anche sul falso suicidio, risalendo alla sua nuova identità. Il corpo che avevano trovato bruciato nella carcassa dell'auto era di un povero barbone.»

«E Ralph Bennet ha pagato per un conto non suo.»

«Appena ha saputo che l'incubo era finito, ha deciso di andare a parlare con sua moglie e con i suoi figli. Vuole che sappiano che non devono più vergognarsi di lui.»

«Magari torneranno a essere una famiglia. Lo spero davvero. Quell'uomo ha già sofferto abbastanza.» Kelly guardò fuori dalla finestra. «Nonostante tutte le cose brutte che sono successe, resterò qui. Non riesco a pensare a un posto migliore in cui vivere.»

«Sono tornato troppo presto?»

Il sorriso di Adam sulla porta fu la più magnifica delle conferme alle sue ultime parole.

«Stavo giusto andando via» gli rispose John Riley. «So di lasciare Kelly in buone mani.»

CAPITOLO SESSANTATRÉ

Aveva dovuto indossare guanti, camice, cuffia, copriscarpe e mascherina monouso, ma dopo quei lunghi preparativi finalmente le avevano permesso di entrare nella stanza di terapia intensiva.

Tutto era asettico e silenzioso, tranne gli sbuffi e i sibili dei macchinari.

Quell'ampia sala era lo spazio tra la vita e la morte, il luogo dove i confini del passaggio si assottigliavano.

Dottori e infermieri si muovevano rapidi e taciturni controllando sui monitor i parametri dei pazienti.

Con passo incerto Nora si avvicinò al letto di Steve. Quando gli fu accanto, vide che aveva ancora una vistosa medicazione alla testa, ma respirava da solo, senza l'aiuto delle macchine. Aveva gli occhi chiusi e lei ebbe timore di disturbare il suo sonno.

Non sapeva come avrebbe reagito alla sua presenza ma non importava.

Avrebbe anche potuto cacciarla via e non credere al suo amore. La cosa più importante era che fosse vivo.

Nora ne studiò il profilo ritrovando tutti i bei ricordi che avevano condiviso e che avevano un nuovo valore ora che era consapevole di cosa avrebbe significato perderlo per sempre.

Il suo pallore la intenerì. La fragilità di un essere umano rende più visibile la sua anima, comprese.

Fu in quel momento che Steve aprì gli occhi e posò lo sguardo su di lei.

Gli sorrise e per un attimo le sembrò che non la riconoscesse. Fu come se stentasse a metterla a fuoco, ma poi sorrise anche lui, e in quel sorriso Nora riscoprì una pienezza che non sentiva da tempo.

Gli sfiorò appena la mano, timorosa per l'ago della flebo.

«Come stai?»

«Debole... e mi dà fastidio la gola.»

«Il dottore ha detto che continuerà per un po'. Hanno dovuto intubarti.»

Steve annuì, senza smettere di guardarla. Poi si accorse della ferita che aveva sulla tempia e che si era procurata quando Charles Sanders l'aveva scaraventata a terra.

«Cosa ti è successo?»

«Ti racconterò tutto quando starai meglio.»

«Se sei d'accordo che torni a trovarti» si sentì in dovere di concludere un attimo dopo.

Fu costretta ad avvicinarsi per udire la sua risposta.

«Sono contento che tu sia qui.»

«Sono contenta anch'io e... Mi dispiace. Ho sbagliato, ma ho avuto paura.»

Comprese dal suo sguardo che aveva notato l'anello che lei aveva rimesso all'anulare.

Le sorrise e lei fece lo stesso.

Un'occhiata torva dell'infermiera richiamò la sua attenzione.

«Non vogliono che ti stanchi troppo. Ma rimarrò qui fuori per un po'. E tornerò appena me lo permetteranno.»

Steve annuì appena e già mentre lei si allontanava socchiuse di nuovo gli occhi.

Era stanco. Gli ci sarebbe voluto del tempo per riprendersi ma non era più in pericolo di vita.

Avrebbero parlato quando si sarebbe sentito meglio e gli avrebbe raccontato di Joe, e del suo *'dono'*.

Una volta fuori dalla sala di terapia intensiva, Nora si liberò dal camice e dal resto e decise che avrebbe chiamato John Riley per dargli notizie di Steve e per sapere come stesse Kelly.

Quella storia si era lasciata dietro una lunga scia di sangue, ma ora era finita.

Era sicura che l'esame del DNA avrebbe rivelato che anche Jeff Mahler era stato vittima del tentativo insano di Charles Sanders di coprire il delitto compiuto trent'anni prima.

Kelly si sarebbe ripresa dalle brutte esperienze delle ultime settimane e, se non si era sbagliata, avrebbe avuto accanto qualcuno che la avrebbe aiutata a dimenticare.

E le piaceva pensare che anche Alma Sanders, dopo tanti anni, avrebbe finalmente trovato un po' di pace.

L'AUTRICE

Per più di vent'anni Giulia Beyman ha lavorato come redattrice, giornalista free-lance e infine come sceneggiatrice per la televisione italiana. Dal 2011 si dedica a tempo pieno alla sua attività preferita, che è quella di scrivere libri.

Autrice indipendente top seller nei primi cinque anni di Kindle Store Italia, il suo *Prima di dire addio*, volume introduttivo della serie di Nora Cooper, è stato l'ebook più venduto su Amazon.it nel 2014.

Nella serie dedicata a Nora Cooper ha già pubblicato: *Prima di dire addio, Luce dei miei occhi, La bambina con il vestito blu, Cercando Amanda, Un cuore nell'oscurità, La sposa imperfetta, I silenzi di Grant House, La straniera bugiarda, Il mio nome è Jason Sheldon, Per il tuo cuore.*

Nel 2019 con *E niente sia* (Amazon Publishing) ha inaugurato la fortunata serie Emma & Kate, scritta a otto mani con Flumeri & Giacometti e Paola Gianinetto.
Nella stessa serie ha anche pubblicato i romanzi *Se nel buio* e *Nel tuo silenzio*.

Il suo romance *La casa degli angeli*, pubblicato nel 2019, è una delicata storia familiare e d'amore, ambientata in Salento, di cui sono protagoniste le sorelle De Feo.

Per essere in contatto con Giulia:
www.giuliabeyman.com/
gbeyman@gmail.com

Per avere notizie e aggiornamenti su libri, promozioni, presentazioni o nuove uscite, considerate la possibilità di iscrivervi alla MAILING LIST di Giulia.

ALTRI LIBRI DI GIULIA BEYMAN

Serie Nora Cooper:

Prima di dire addio (Nora Cooper Vol 1)

Luce dei miei occhi (Nora Cooper Vol 2)

La bambina con il vestito blu (Nora Cooper Vol 3)

Cercando Amanda (Nora Cooper Vol 4)

Un cuore nell'oscurità (Nora Cooper Vol 5)

La sposa imperfetta (Nora Cooper Vol 6)

I silenzi di Grant House (Nora Cooper Vol 7)

La straniera bugiarda (Nora Cooper Vol 8)

Il mio nome è Jason Sheldon (Nora Cooper Vol 9)

Per il tuo cuore (Nora Cooper Vol 10)

Serie Emma&Kate:

E niente sia (Emma & Kate Vol 1)

Se nel buio (Emma & Kate Vol 4)

Nel tuo silenzio (Emma & Kate Vol 6)

Romance

La casa degli angeli

Non fiction

Dai miei dolori ho imparato la gioia (Piccolo manuale per il cambiamento)

Manufactured by Amazon.ca
Bolton, ON